KB112339

강감찬과
고려 거란 전쟁

강감찬과
고려 거란 전쟁

초판 1쇄 인쇄 | 2024년 1월 5일
초판 1쇄 발행 | 2024년 1월 12일

지은이 | 박성종
펴낸이 | 박영욱
펴낸곳 | (주)북오션

주 소 | 서울시 마포구 월드컵로 14길 62 북오션빌딩
이메일 | bookocean@naver.com
네이버포스트 | post.naver.com/bookocean
페이스북 | facebook.com/bookocean.book
인스타그램 | instagram.com/bookocean777
유튜브 | 쏠쏠TV · 쏠쏠라이프TV
전 화 | 편집문의: 02-325-9172 영업문의: 02-322-6709
팩 스 | 02-3143-3964

출판신고번호 | 제 2007-000197호

ISBN 978-89-6799-807-3 (03810)

*책값은 뒤표지에 있습니다.
*잘못 만들어진 책은 구입하신 서점에서 교환해 드립니다.

Bookocean

❖ 일러두기 ❖

1. 기존에 '3차 침략'으로 잘못 알려진 1018년의 거란 침략을 '6차 침략'으로 수정합니다. 왜냐하면, 거란은 1014년부터 1017년까지 크고 작은 침략을 지속해서 해왔기 때문이며, 이 기간 동안 고려가 어떻게 대응 능력을 길렀는지를 알아야 귀주대첩에서 승리한 이유를 알 수 있기 때문입니다.

2. 우리가 흔히 '강동 6주'라고 잘못 알고 있는 지역을 '강동 8주'로 고쳐 부릅니다. 그 이유는 《요사》와 《송사》 등에 강동 6주라고 나오기는 하지만, 《고려사》 〈서희열전〉과 《동사강목》에는 고려가 8개 주를 개척했다고 나오기 때문입니다. 이는 마치 훗날 어느 한국인 후손이 한국 교과서가 아닌 중국 교과서를 보고선 '고구려와 발해는 중국의 지방 정권일 뿐인 중국사의 일부'라고 믿는 것과 같은 꼴입니다. 따라서 본 소설에선 한국 측 기록을 따라 강동 8주로 비정합니다.

3. 귀주대첩 후, 고려군이 압록강 너머에서 거란군을 전멸시킨 것으로 수정하였습니다. 왜냐하면 《요사》에는 '귀주대첩'이라는 명칭 대신 '다타지패(茶陀之敗)', 즉 '다하와 타하에서의 패전'이라는 명칭만 나오는데, 귀주에는 이런 강들이 없기 때문입니다. 오히려 타하는 귀덕주에 속해 훨씬 북쪽(現 요녕성 무순시)에 있는 것으로 나옵니다. 당대인들의 지리관과 여러 자료를 검토한 결과, 다하와 타하는 오늘날의 초하와 애하를 가리키는 것으로 생각되어 그렇게 비정하였습니다.

4. 고려와 거란의 국경선을 나타내는 결정적 증거는 1088년, 고려에서 김선석(金先錫)을 보내 거란의 영토 침범에 대해 항의하는 문서에 잘 나옵니다. 내용은 다음과 같습니다.
   […… 천황학주지성(天皇鶴柱之城)으로부터 서쪽은 그쪽 영토로 거두시고, 일자별교지수(日子鼈橋之水: 태양의 아들, 즉 주몽이 자라 다리를 건넌 강)의 동쪽을 한하여 우리 강토로 하였습니다. ……]
   여기서 거란의 국경선을 가리키는 '천황학주지성'은 오늘날의 요양 남쪽에 있는 안산(鞍山) 시, '일자별교지수'는 압록강의 지류로 추정됩니다. 특히 주몽이 건넌 '일자별교지수'는 개사수(蓋斯水) 혹은 엄호수(淹淲水) 등으로 기록되어 있기 때문에 압록강 본류가 아닌 그 북부에 있을 수밖에 없습니다. (〈고려·거란의 압록강 지역 영토분쟁 연구〉, 허인욱, 2012 논문 참조)
   또한, 요동반도 대부분과 천산산맥 이남으로는 요나라 시대 불탑이 존재하지 않습니다. 이는 거란 세력이 이 지역까지 미치지 못했다는 강력한 증거입니다. 따라서 본 작품에서는 '일자별교지수', 즉 고려의 국경선을 만주지역의 애하(愛河)로 비정하였습니다.

차례

서(序)

"기, 기습이다!"

"고려 놈들이… 크어헉!"

– 챙, 챙!

곳곳에서 칼 부딪히는 소리와 비명이 들려왔다. 사방으로 시뻘건 피가 튀었고, 주변에 가득 퍼진 피비린내가 온몸의 피를 더욱 끓게 만들었다. 이성이란 고삐가 풀린 병사들은 차라리 인간이라기보단 짐승에 가까웠다.

보름달이 난마처럼 얽힌 인간 세상을 비추는 어슴푸레한 밤.

1각(15분) 전, 서경성을 포위한 거란군의 숙영지를 기습한 고려군 결사대가 처절한 싸움을 벌이고 있었다.

"침략자들을 처단하라!"

고려군을 이끄는 장수는 목이 터져라 병사들을 독려했다. 40대 후반으로 보이는 그는 큰 키에 건장한 체격으로 무지막지하게 적을 베고 있었다. 마치 어떠한 사연을 갖고 있기라도 한 듯한 그 눈빛, 강력한 안광을 뿜어내는 그의 이름은 바로….

대도수(大道秀).

계사년(993) 거란의 1차 침략 때 안융진에서 적을 섬멸한 전쟁 영웅이자, 발해의 마지막 태자인 대광현의 아들로 대조영의 13대손이다.

그런 그가 이제 고려의 장군이자 발해의 후손으로서, 17년 만에 재침해온 거란군 병사들을 베고 있는 것이다.

– 두두두!

"이얍!"

대도수가 탄 말이 빠르게 질주하면서, 이제 막 막사에서 나온 거란 병사들의 몸통과 머리를 으깨었다.

– 콰직!

"으악!"

"커헉!"

대도수는 눈 깜짝할 사이에 두 놈을 처치했다. 한 녀석은 그대로 허리가 끊어졌고, 한 녀석은 뼈가 아스러지는 소리와 함께 두개골이 깨졌다.

피의 보라가 일었다. 머리통에서 튀어나온 눈알과 함께 검붉은 피가 주변으로 터졌다.

"조금만 더 가면 거란주(야율융서, 요 6대 성종)가 있다. 다들 힘내라!"

대도수가 목이 쉬어라 외쳤다. 그의 명령에 따라 고려군 결사대는 죽을힘을 다해 거란 병사들을 베고 또 베었다.

"조금 있으면 원군이 온다!"

"이를 악물고 싸워라!"

"와, 와!"

그러나 적의 수는 너무 많은 반면, 아군의 수는 턱없이 부족했다.

설상가상 초반의 기습 때 잠시 허둥대던 거란군은 이내 전열을 가다듬은 뒤, 고려군을 향해 물밀듯이 쏟아져 나왔다.

"고려 놈들을 막아라!"

"놈들은 수가 적다. 물러서지 마라!"

"크흑!"

"아악!"

거센 거란 병사들의 반격에 대도수 주위의 고려 병사들이 차례차례 쓰러져 갔다.

중과부적.

"하아, 하아…"

쉴 새 없이 칼을 휘두르던 대도수의 동작도 점차 느려졌다. 그는 거친 숨을 몰아쉬며 초조한 듯 뒤쪽을 바라봤다.

'제기랄, 탁사정 이놈은 어떻게 된 건가?'

원래 대도수의 부대가 거란군 서쪽을 칠 때, 동북면도순검사인 탁사정이 동쪽을 치기로 했었다. 일종의 양동작전.

하지만 이쪽에서 벌써 3각이나 죽어라 싸우는데, 서경성 쪽에선 아무 소식이 없다. 순간, 서늘한 기운이 대도수의 목덜미를 스치고 지나갔다.

'설마, 녀석이 우릴 배반하고 도주한 건가?'

동시에 대도수의 머릿속으로 탁사정의 비열한 미소가 떠올랐다.

"빌어먹을, 아군에게 속다니!"

대도수는 자신도 모르게 신음에 가까운 혼잣말을 내뱉었다. 분명했다. 지금까지도 나타나지 않았다면 녀석은 도망친 게 확실했다.

거란 황제 야율융서가 친정한 지금, 거란군은 북방의 강동 8주를 유린한 후 파죽지세로 이곳 서경까지 내려왔다. 이 과정에서 성을 지키다 도망친 고려 장수들이 부지기수였다. 탁사정 역시 그런 부류 중 하나일 뿐이다.

애타게 기다리던 원군이 오지 않는다는 걸 직감한 순간 기력이 빠졌다. 온몸이 산산이 부서지는 느낌이었다. 선혈로 범벅이 된 칼 역시 너무나 무겁게 느껴졌다.

'여기가 내 묫자리다!'

탁사정 부대가 오지 않는다면 결과는 뻔하다. 오늘 자신은 여기서 죽을 것이다. 찰나의 순간, 죽음을 각오한 대도수는 입술을 굳게 다물며 칼자루를 더욱 움켜쥐었다.

그 순간, 서경성을 나서기 직전 마지막으로 본 아내와 아들의 모습이 떠올랐다. 두 사람은 죽음을 예감한 듯, 자신을 배웅하며 하염없이 눈물을 흘렸었다.

고개를 숙인 채 어깨만 들썩이던 아들에게 대도수는 유언처럼 이런 말을 남겼었다.

형인아, 넌 발해 황실의 적손이다. 그 사실을 잊지 마라. 이 아비가 뜻을 이루지 못하면 네가, 네가 뜻을 이루지 못하면 네 아들이 그 뜻을 이어 나가야 한다.

열네 살 아들은 그저 "아버지"라고만 말한 채 계속 울먹일 뿐이었다. 대도수는 발해 황실의 후계자라는 가혹한 운명을 짊어질 아들이 문득 불쌍하게 느껴졌다. 왼쪽 뺨으로 눈물 한줄기가 흘러내렸다.

"하아…."

큰 한숨을 쉰 뒤, 다시 자세를 잡았다. 감정 따위 느낄 시간은 없다. '난 그저 전쟁 기계일 뿐…' 대도수는 그렇게 생각했다.

이제 남은 고려 병사들은 겨우 서른 명 남짓. 물밀듯이 밀려온 거란 병사들이 고려 병사들을 겹겹이 포위했다. 이것이 말로만 듣던 인의 장막이란 말인가!

'피식' 헛웃음이 나왔다. 오늘 이렇게 죽어야 한다고 생각하니, 지난날 치열하게 살았던 인생이 갑자기 허무하게 느껴진 탓이리라. 삶이란 원래 이렇게 비루하고 추레한 것일까?

– 푸루루

말고삐를 잡고 있었지만, 계속해서 말이 투레질해 대는 바람에 몸이 흔들렸다. 이제 마상에서 싸울 순 없다. 마지막은 올곧이 칼 하나와 맨몸으로 끝내야 한다.

대도수는 말에서 내렸다. 그는 말의 머리를 쓰다듬으며 속삭였다.

"천지(天地)야, 수고했다."

그런 다음, 두 손으로 칼자루를 움켜쥐고선 공격 자세를 취했다. 그때 거란 병사들 사이에서 고려 말이 들려왔다.

"어서 항복해라!"

"웃기는 소리 마라. 우리는 고려인이자 발해의 후손이다. 항복이란 단어는 모른다!"

대수혁의 우레와 같은 외침에 거란 병사들이 움찔했다. 이제 마지막이라고 생각한 대도수는 칼을 고쳐 잡고선 크게 외쳤다.

"고려 장군 대도수의 칼을 받아라, 이놈들아!"

고려 현종 원년(1010) 11월 14일.

밤하늘마저 핏빛으로 물든 그날, 대다수의 고려 결사대가 목숨을 잃은 그날, 대도수는 외마디 함성과 함께 거란 병사들을 향해 돌진했다.

*
**

10세기 초, 동아시아는 격랑의 시대로 빠져든다. 당나라가 멸망하면서 장성 이남 지역이 '5대 10국'이라는 대혼란 시기에 접어든 것이다.

장성 이남 지역의 혼란은 북방유목민들에겐 큰 기회였다. 역사에서 남의 불행은 흔히 나의 행복이니까. 그리고 이 천재일우를 잡은 부족이 바로 거란이었다.

당나라가 멸망한 그해에 야율아보기에 의해 통일된 거란은 916년 국호를 요(遼)로 바꾼 후, 926년에 발해를 멸망시킨다. 더 나아가 938년에는 후진(後晋)을 건국한 석경당을 후원한 대가로 장성 이남의 연운 16주까지 할양받는다.

이로써 거란은 몽골과 만주, 하북 일대에 걸친 대제국을 건설하게 되었다.

극도로 강성해진 거란은 고려와 송에 압박을 가해온다. 993년 고려를 1차로 침략해오더니, 1004년에는 송나라를 침략해 '전연의 맹'을 맺은 것이다.

고려의 경우, 서희의 기민한 대응으로 거란에 표면적인 사대를 하는 대신 강동 8주를 얻을 수 있었다.

반면 송나라는 '전연의 맹'으로 거란에 사대하는 것은 물론, 매년 비단 20만 필과 은 10만 냥을 바쳐야 했다. 이로써 거란은 엄청난 정치적, 경제적 이익을 얻게 되고 자타공인 동아시아 최강국으로 등극한다.

하지만 거란의 욕심은 끝이 없었다.

1010년, 거란의 6대 카간이자 황제인 야율융서는 고려에서 목종을 폐하고, 현종을 옹립한 이른바 '강조의 변'이 일어난 것을 핑계로 친히 40만 대군(실제 주력부대는 12만)을 이끌고 재침해온다. 역사에서 말하는 '거란의 2차 침입'이다.

하지만 야율융서가 정변 운운한 건 핑계고 침략의 실제 이유는 동아시아에서 아직 유일하게 복속하지 않은 고려를 완전히 굴복시키기 위해서였다.

결사 항전을 선택한 고려군은 첫 관문인 흥화진에선 양규의 항전으로 성을 지킬 수 있었다. 하지만 이후 벌어진 삼수채 전투에서 강조가 이끈 30만 대군이 대패하면서 고려는 누란의 위기에 처하게 된다. 강조 본인은 포로로 붙잡혀 처형되고 말았다.

거란군은 파죽지세로 남하하면서 곽주, 안주 등의 성을 함락시킨다. 그러나 서경에 이르러서는 앞서 본 대도수의 결사대와 강민첨, 조원 등의 항전으로 함락에 실패한다. 거란군은 대도수가 이끄는 결사대를 포로로 잡는 거로 만족해야 했다. 이 과정에서 대도수가 어찌 되었는지는 알 수 없다.

이후 계속 남하한 거란군은 마침내 개경을 함락하고 초토화시킨다. 이 때문에 고려 8대 왕 현종은 나주까지 몽진해야 했다. 고려는 멸망 직전의 상황까지 내몰리게 되었다.

천만다행으로 겨울이 끝나가면서 거란의 군사작전은 불가능해졌고, 더욱이 현종이 강동 8주의 반환과 친조까지 약속하자 거란은 군사를 물리기로 했다.

그런데 철수 과정에서 거란군이 양규에게 또다시 반격을 당해 엄청난 피해를 봤다. 안타깝게도 양규 자신도 소임을 다한 후 장렬히 전사했다. 덕분에 고려는 기사회생할 수 있었다.

하지만 거란이 물러간 이후에도 현종은 친조하지 않았고, 강동 8주도 돌려주지 않았다. 심지어 1013년에는 아예 거란과 국교를 끊고, 다음 해에 송나라와 다시 교류하기 시작했다.

거란 역시 1013년에서 1017년에 걸쳐 압록강과 통주성, 흥화진, 영주성, 곽주 등을 공격해왔다. 바로 '거란의 3~5차 침입'이다. 그렇게 양국 간의 갈등은 점점 임계점을 향해 치닫고 있었다. 이제 대규모 전면전은 피할 수 없게 됐다.

마침내 1018년 12월, 야율융서는 소배압에게 10만 대군을 이끌고 고려를 또다시 침략하라는 명령을 내린다. 이른바 거란의 '6차 침입'이다.

고려는 다시금 풍전등화의 위기에 놓이게 되었다.

강감찬과
고려 거란 전쟁

1.
폭풍 전야

현종 9년(1018) 11월 7일, 고려 개경 황궁.

추위를 녹이는 오전의 따뜻한 햇볕이 황궁의 청록색 지붕을 비추고 있었다. 덕분에 황궁은 전체적으로 오묘하고 영롱한 빛을 띠었다. 아울러 용마루 끝은 6척(182㎝)이 넘는 치미(장식 기와)로 장식되어, 신궐에 웅장함과 장엄함을 더했다.

하지만 신궐은 왠지 모르게 쓸쓸해 보였다. 드넓은 공간에 신궐 혼자만 덩그러니 있었기 때문이다. 8년 전, 거란의 2차 침입 때 개경이 폐허가 되는 바람에 4년에 걸쳐 다시 지은 이곳 신궐.

주변으로 공사가 한창 진행 중이었고, 초토화됐던 개경도 어느새 황도의 면모를 다시 갖추어 가고 있었지만, 그 속도는 무척이나 더뎠다. 거의 매년 거란과 전쟁을 치르는 통에 재정이 바닥난 탓이었다.

이처럼 쓸쓸한 신궐 중앙의 회경전 옥좌에는 한 남자가 홀로 고뇌에 빠져 있었다. 바로 고려의 8대 임금인 현종. 올해 27세의 젊은 왕은 한쪽 턱을 괸 채 고민하고 있었다.

'거란이 다시 쳐들어온다… 어떻게 할 것인가!'

현종은 이틀 전, 거란이 침략해올 것이라는 정보를 이미 받은 상황이었다.

아니나 다를까, 요 며칠 새에 고려와 거란의 국경에선 여진족이나 거란에서 도망친 자들이 자신들의 상황에 맞춰 배반과 투항, 입조를 수시로 하고 있었다. 다들 고려와 거란 중 누가 이기느냐에 따라 인생이 달라지는, 일생일대의 도박을 하는 셈이었다.

이번 전쟁이 도박이라면 가장 큰 판돈을 건 사람은 거란의 야율융서와 소배압이 될 것이다. 그리고 본의 아니게 고려의 왕인 자신도 이 도박판에 끼게 되었다.

목숨을 건 도박.

비록 외왕내제이지만 국내에선 지금까지 계속해서 황제가 쓰는 용어를 쓰고 있었다. 이건 고려가 독립국이자 자주성을 나타내는 핵심 가치이자 마지막 보루였다. 그런데 지난 1~5차 침략 때 고려를 완전히 복속시키지 못한 거란이 이번에 다시 침략을 해오고 있다. 동양 최강인 거란 기병을 끌고 말이다.

자주 독립국의 왕으로 살 것인가, 아니면 전쟁 포로가 되어 목이 잘릴 것인가? 그것도 아니면 항복한 후 비루하게 목숨만 연명할 것인가? 올해 27세에 불과한 젊은 왕은 큰 결단을 내려야 할 시점에 있었다.

'이 난국을 어떻게 타개할 것인가?'

현종은 고민에 고민을 거듭했다.

'과연 이 전쟁은 이길 수 있을까?'

거란의 2차 침입 때 나주까지 몽진해야 했던 현종은 지난 8년간 나름 준비를 하긴 했었다. 강동 8주의 진들을 강화하고, 군사들에게도 맹렬한 군사훈련을 시켜왔었다. 거기다 거란은 작년까지 끊임없이 크고 작은 침략을 해왔기 때문에 고려군은 더욱 단련되어 있었다. 그 때문에 역설적이게도 고려 기병은 이제 거란 기병에 못지않게 날쌔고 강인하다는 평까지 듣고 있었다.

그럼에도 불구하고 역시 '거란 기병'은 그 단어 자체만으로도 어마어마한 공포심을 주기 충분했다. 왜냐하면, 그들은 기병 한 명 당 철갑 9벌, 활 4개, 화살 400개, 단창, 방패, 도끼, 철퇴를 착용했기 때문이었다. 여기에 더해 타초곡병(군량과 병기 조달병)과 잡병이 각각 한 명씩 붙었는데, 이들 세 명이 한 조가 되어 만들어내는 파급효과는 어마어마했다. 괜히 '거란 기병이 휩쓸고 간 자리엔 생명체를 찾아볼 수 없다'라는 말이 떠도는 게 아니었다.

아니, 그들은 차라리 인육을 탐하는 야수들에 가까웠다. 오죽하면 송나라 사람들이 '契丹人好飮人血'(거란족들은 사람 피 마시는 걸 좋아한다)이라고 했겠는가? 무려 이런 괴물들 10만이 쳐들어오는 것이다.

첨언하자면, 이 시기 전쟁에선 북방 기마병 1명이 정주 농경민 10명과 등가를 이룬다. 요컨대, 기마 10만이란 건 정주 농경 국가의 100만에 해당하는 대군인 것이다. '거란 기병'이란 말만 들어도 사람들이 벌벌 떠는 이유였다.

당연히 젊은 왕도 내심 두려웠다.

물론 이 현종이란 인물도 만만한 인물은 아니었다. 어릴 때부터 권력 암투의 희생양이 되어 절에서 자라야 했고, 고려와 신라 왕족의 핏줄을 동시에 가진 유일한 인물이라 끊임없이 암살 위협에 시달렸지만 결국 살아남았고, 마침내 왕까지 된 입지전적인 인물이었기 때문이다.

'생각해보면 온갖 역경의 연속이었지.'

현종은 짧은 한숨을 쉬며 옛 기억을 떠올렸다.

그의 죽음을 누구보다도 갈구했던 천추태후는 이모인데도 불구하고 몇 번이나 암살 시도를 했었다. 다행히 살아남긴 했으나 하루하루가 언제 죽을지 몰라 노심초사하던 나날들이었다.

하늘의 도움으로 살아남았고, 우여곡절 끝에 19세에는 고려의 왕이 될 수 있었다. 하지만 숨 돌릴 틈도 없이 거란의 침략을 받았고, 고려군은 삼수채에서 대패했다. 현종을 옹립했던 강조는 포로가 된 후, 결국 거란군에 의해 처형됐다.

이 와중에 왕인 자신은 나주까지 몽진해야 했었다. 몽진할 때는 또 도둑들의 습격, 신하들의 배신으로 죽을 뻔했다. 거란군에 점령당한 개경은 초토화됐고, 수많은 무고한 백성들이 죽어 나갔다. 고려는 그야말로 지옥과도 같은 상황이었다.

그런데도 현종은 살아남았다. 따라서 그는 누구보다도 강인한 마음을 갖고 있었다. 왕의 담력은 보통 사람의 열 배 정도는 될 터였다. 거기다 인생에서 가장 혈기 왕성할 때다. 현종은 내심 충분히 해볼 만한 싸움이라고 생각하고 있었다.

하지만 한 가지 마음에 걸리는 게 있었다. 바로 무신들의 충성심이었다.

'과연 무신들이 진심으로 따를 것인가?'

현종은 지난 을묘년(1015)에 무신 19명을 죽인 사실을 떠올렸다. 이때 몰살당한 김훈과 최질 등은 그 전년인 갑인년, 조정이 경군들의 영업전(永業田)을 빼앗아 백관의 녹봉으로 쓰려고 하자 불만을 품고 궁궐에 난입해 문관들을 대거 귀양 보내고 실권을 잡은 인물들이었다. 이른바 '김훈·최질의 난' 주동자들.

하지만 그렇게 권력을 잡은 무신들이 무소불위의 권력을 행사하자, 마침내 현종은 결단을 내려야만 했다. 서경에 행차한 다음 그들을 연회에 참석게 하고선 자객을 보내 일거에 죽인 것이다. 권력을 장악한 지 1년도 안 된 김훈, 최질 등은 하루아침에 목숨을 잃고 말았다.

문제는 이 사건으로 인해 국방에 틈이 생긴 건 아닌지 염려된다는 점이었다. 아직은 취약한 왕권. 지난 몽진 시절 왕권에 도전하는 숱한 호족들과 맞서 싸워야 했던 현종으로선 눈앞에 닥친 현실적인 문제였다.

'만일 무신들이 배반한다면?'

생각만 해도 끔찍했다. 선왕인 목종 역시 신하인 강조에게 폐위당하고 피살까지 당하지 않았던가! 권력의 비열함과 비정함. 태어나면서부터 권력의 더러운 속성을 몸소 경험한 현종은 이 부분이 가장 꺼림칙했다.

'군사를 믿고 맡길 수 있는 장수를 골라야 한다!'

아, 그리고 무엇보다도 민심, 민심이 걱정이었다.

'지난 2차 침략 때 개경은 초토화되었다. 이제 겨우 살만해졌는데, 또다시 침략해온다면 군민이 합심해 대항할 수 있을 것인가?'

이번에 또 개경을 비우고 몽진할 순 없다. 만약 이번에도 그랬다간, 그 부작용은 상상을 초월할 것이다. 아마도 민란이 발생할 것이고, 그리되면 고려는 멸망할 것이다.

그러니 죽이 되든 밥이 되든, 개경을 두고 결사 항전해야 한다. 그렇다면 개경에도 일정 부분의 방어 병력을 주둔시켜야 한다는 말이다. 그런데 이번에 소배압이 이끌고 오는 거란 기병은 10만이라 들었다. 8년 전의 40만에는 미치지 못하지만, 그럼에도 불구하고 압도적인 병력.

전방에 나가는 병력 말고 예비부대를 개경에 남겨둘 순 있을 것인가? 전방과 후방의 부대들이 기민하게 연락은 할 수 있을 것인가?

모든 게 아직은 이론상으로만 존재했다. 여러 가지로 고민되는 게 당연했다.

'그동안 여러 번 죽을 고비를 넘겼지만, 이번에는 진짜 죽을 각오를 해야 한다.'

생각에 잠겨 천장을 바라보는 현종의 얼굴에 더욱 근심이 가득했다.

그때 내시가 들어와 강감찬의 입궐을 알렸다.

"폐하,* 서경유수가 입궐했사옵니다."

"오, 그런가?"

현종은 급히 허리를 바로 세우며 말했다.

"들라 이르라."

⁂

수창궁 안, 정원.

거란의 2차 침략 때 완전히 전소한 탓에 개경의 황궁 곳곳에는 아직도 빈 곳이 남아 있었다. 최대한 빨리 복구를 한다고는 했지만, 여전히 휑한 느낌. 8년이 지났건만 전쟁의 상흔은 쉬 나아지지 않고 있었다.

그렇게 현종은 강감찬과 함께 황궁 내의 정원을 거닐고 있었다. 고희를 넘겨 머리와 수염이 완전한 백발인 강감찬이었지만, 그 눈빛만큼은 여전히 호랑이의 그것처럼 강렬히 빛나고 있었다.

젊은 왕이 늙은 신하의 안부를 물었다.

"잘 지내셨소이까, 평장사."

"폐하의 은공 덕분에 잘 지내고 있사옵니다. 옥체는 평안하시지요?"

"나야 아직 젊은 몸 아니겠소."

* 고려는 외왕내제 체제라 왕이 대외적인 공식 명칭이지만, 국내에선 폐하, 짐, 만세 등 황제만이 사용할 수 있는 용어를 사용했다. 4대 광종 시기에는 독자적인 연호까지 사용했으나, 8대 현종 시기에는 상황에 따라 송과 요의 연호를 차용하고 있었다.

"허허, 그거야말로 그 누구도 뺏을 수 없는 폐하의 가장 큰 자산이지요."

"하하, 그건 그렇소."

서로의 안부를 묻는 인사가 끝난 후, 27세의 현종이 71세의 강감찬에게 진지하게 묻기 시작했다.

"그나저나 들으셨소? 거란이 다시 침략할 거라는 소식 말이오."

"네, 들어서 알고 있사옵니다."

"이길 수 있겠소?"

현종은 단도직입적으로 물었다.

"…."

하지만 강감찬은 말없이 그저 정원 안 연못에서 노니는 잉어를 바라볼 뿐이었다. 얼마간 민망한 침묵이 흐르자, 현종은 강감찬의 마음을 떠보기 위해 짐짓 마음에도 없는 말을 내뱉었다.

"무려 십만 기병이라고 하오. 내 그래서 항복할까…."

"그건 아니 되옵니다!"

현종이 '항복'이라는 단어를 꺼내는 것과 동시에 강감찬이 벼락처럼 소리를 치며 고개를 돌렸다. 현종은 당황했지만, 내심 그렇게 행동하는 강감찬이 고맙고 든든했다. 강감찬은 애절한 표정으로 현종의 두 손을 꼭 붙잡고선 말했다.

"폐하, 포기하지 마십시오. 포기하시면 안 됩니다."

현종은 그런 강감찬을 보며 미소 지었다.

"하하, 평장사. 고정하시오. 내 평장사의 답변이 오래 걸려 일부러 농을 한 것이외다."

"하… 그렇다면 다행입니다. 하지만 폐하, 농으로라도 그런 말씀은 마소서."

왕의 결연한 태도에 강감찬이 안도의 한숨을 내뱉었다. 그런 그를 보며 현종이 다시 진지하게 물었다.

"하지만 짐은 사실을 정확히 알고 싶소. 평장사가 보시기에 우리 고려가 이길 수 있을 것 같소?"

왕의 질문을 받은 강감찬의 눈빛이 빛났다. 순간, 비둘기 대여섯 마리가 푸드덕 소리를 내며 하늘 위로 날아올랐다. '휭' 소리와 함께 차가운 겨울바람이 불었다.

강감찬은 자기 아들, 아니 손자뻘인 왕을 바라보며 비장하게 답했다.

"이길 수 있습니다."

강감찬의 굳센 발언에 현종은 살짝 마음이 놓였다. 하지만 궁금했다. 저 대단한 거란군을 이길 방도가 정말로 있는 것일까?

"평장사가 그리 말하니 짐은 기쁘기 한량없소. 하지만 마음 한구석에 여전히 불안함이 있는 건 숨길 수 없구려."

현종은 사실 하루에도 몇 번이나 승리에 대해 자신하다가도, 곧 패배할지도 모른다는 불안감에 시달리고 있었다. 그래서 그는 강감찬으로부터 확실한 조언을 듣고 싶었다. 지난 2차 침략 때처럼 말이다. 당시 모든 대신이 항복하자며 비굴한 태도를 보일 때, 오직 강감찬만이 분연히 일어나 싸우자고 제안했었다. 강감찬의 결기에 탄복한 현종은 최종적으로 그의 의견을 따르기로 했고, 많은 희생이 뒤따랐지만 어쨌든 적을 쫓아낼 순 있었다. 현종은 내심 그때와 같은 강감찬의 결기를 다시 한번 보고 싶었다.

강감찬은 그런 현종의 마음을 아는지 모르는지 그저 알 수 없는 미소를 지으며 답했다.

"폐하, 지난 팔 년간 우리 고려군의 능력도 많이 향상됐습니다. 특히 기병 병과가 거둔 성과는 놀라운 정도입니다."

"음, 그렇게 생각하시오?"

"그렇습니다. 작년과 올해, 선정전과 선화문에서 사열하셨을 때 고려 병사들의 늠름함을 보셨잖습니까?"

"후후, 하긴 그렇지요. 장족의 발전을 했더군요."

어두웠던 현종의 얼굴이 서서히 밝아졌다. 작년 초부터 현종은 집중적으로 병사들을 사열하고, 무예 시합을 겨루도록 해왔었다. 그는 이를 통해 장병들이 임금과 하나가 되는 감정을 느끼게 하고 싶었다. 그리고 소기의 목적은 달성된 듯 보였다. 군의 사기는 여느 때보다도 충천해있었다.

강감찬이 말을 이었다.

"맞습니다. 거기다 두 번째 침입 후에도 저들은 끊임없이 국경을 도발해왔습니다. 작년에 소합탁이 아흐레나 흥화진을 공격했지만, 결국 우리 고려군이 물리치지 않았습니까?"

그랬다. 작년 흥화진에서의 승리는 고려 사람이라면 누구나 감격할 일이었다. 하물며 고려의 왕인 현종은 이르다 뿐이겠는가!

"하하, 그땐 정말… 기적이라고 생각했지요."

작년의 승리를 생각한 탓인지 현종의 얼굴에 비로소 미소가 지어졌다. 밝게 빛나는 현종의 눈빛을 본 강감찬이 말을 이었다.

"그렇습니다. 그리고 이번에도 우리 고려군은 기적을 만들 수 있다고 사료되옵니다."

"흠…."

현종은 수염을 만지며 생각에 잠겼다. 강감찬이 말을 이었다.

"이번에 거란이 총대장으로 소배압을 선정했다더군요. 이 차 침략 때의 기시감이 듭니다."

"그럼, 그때처럼 북방의 성을 공격하지 않고 개경으로 바로 직공해올 것이다?"

"그렇습니다. 작년까지 수차례나 침공했지만, 북방의 성 어느 곳도 제대로 함락 못 시켰으니, 그들로선 다시 이 차 침략 때의 전술로 되돌아갈 수밖에 없겠지요."

"하지만 허허실실이라고 오히려 강동의 성들을 집중적으로 공략할 수도 있잖소?"

현종의 물음에 강감찬이 고개를 저었다.

"폐하, 소배압은 저보다 젊다고는 하나 그 역시 육십 대 후반의 노장으로 기존의 전략을 쉬 바꾸진 않을 터입니다. 무엇보다 거란주(야율융서)가 소배압을 도통(都統, 총사령관)으로 임명한 이유가 무엇이겠습니까?"

"그건…."

현종은 잠시 고개를 숙인 채 검은 턱수염을 만지작거렸다. 그는 이내 뭔가 알았다는 듯 강감찬을 보며 답했다.

"이 차 침략 때 도통이었으니 개경까지의 지리 지형에 밝기 때문 아니겠소?"

"바로 그것이옵니다. 이는 거란에 심어놓은 세작들이 일관되게 전해오는 정보이니 믿으셔도 됩니다."

"음…."

강감찬의 답을 들은 현종이 미간을 찌푸리며 되물었다.

"그렇게 되면 또 개경의 백성들이 큰 고통을 당할 게 아니오?"

강감찬은 미소 지으며 고개를 저었다.

"물론 그런 일은 없도록 해야지요."

강감찬의 말에 현종이 의문스러운 표정을 지었다. 그 표정은 마치 '어서 빨리 당신이 생각하는 해결책을 말해보시오!'라고 하는 듯했다. 강감찬이 설명을 이었다.

"폐하, 예상되는 적의 진로 요지에 아군을 매복시킨 후, 적이 통과할 때마다 후방부대를 치면서 조금씩 적의 병력을 소진시키면 됩니다. 자고로 가랑비에 옷 젖는다고 했고, 강노지말(强弩之末)이라고 했습니다. 아무리 대군이라도 몇 차례에 걸쳐 타격을 받으면 결국 무너지게 되어 있지요."

"거란 기병은 행군 속도가 빠르기로 유명한데 후방을 칠 수 있겠소?"

"그것 또한 염려 안 하셔도 됩니다. 우리가 무엇 때문에 지난 팔년간 저 북적의 땅에 그 많은 세작들을 침투시켰겠습니까? 적의 진로를 미리 파악하는 아군의 능력은 이미 작년에 입증되었지요. 거란군이 아무리 빠르기로서니 곳곳에 포진한 우리 군의 척후와 전령보다 빠를 순 없습니다. 저들은 무려 십만입니다. 아무리 빨라도 꼬리가 잡히게 되어있습니다."

막힘이 없는 강감찬의 설명에 마침내 현종의 굳은 표정이 완전히 풀어졌다.

"후, 그래도 내 서경유수의 말을 들으니 안심이 좀 되는구려."

당시 거란과 고려에 낀 여진족들은 각자의 상황에 따라 접선과 투항을 해오고 있었다. 그런데 거란 쪽 투항보다는 고려 쪽 투항이 더 많았다. 그들 역시 발해의 후손인 데다, 거란의 차별 정책과 폭정에 넌더리를 낸 터라 고려를 선택한 것이다. 이런 상황에다 지난 8년간의 실전 경험까지 더해져, 고려는 북방과 국경 너머에 폭넓은 첩보망과 정보망을 구축할 수 있었다.

"아무리 기동력이 뛰어난 거란 기병이라 해도, 저들의 동경요양부에서 이곳 개경까지는 수천 리라 못 해도 이십 일은 족히 걸립니다. 그 안에 승부를 봐야지요."

"좋소. 그 말을 들으니 더욱 확신이 드오. 하하."

현종은 심호흡한 후 강감찬을 향해 미소를 지었다. 강감찬은 다시 강렬한 눈빛을 내뿜으며 왕에게 충언했다.

"하하, 그리 말씀하시니 몸 둘 바를 모르겠습니다. 다만…."

"다만… 이라니요?"

'다만'이라는 뜻밖의 단어에 현종의 눈이 휘둥그레지며 강감찬에게 물었다. 강감찬이 답했다.

"하오나 제가 말씀드린 '이길 수 있다'라는 건 어디까지나 가능성일 뿐이옵니다. 그 희박한 가능성을 현실로 만들어야 합니다."

"가능성을 현실로…."

현종이 강감찬의 말을 되뇌었다. 강감찬이 말을 이었다.

"그러하옵니다. 그 가능성을 현실로 만드는 데는 폐하의 도움이 절실합니다."

"짐이 무엇을 하면 되겠소?"

젊은 왕은 눈을 반짝이며 되물었다. 강감찬이 답했다.

"백성과 하나가 되시는 것이옵니다."

"!"

현종은 강감찬의 그 말 한마디가 자신의 가슴속에서 메아리쳐 울려 퍼지는 걸 느꼈다.

"백성과 하나가 돼라…."

현종은 그 문장을 조용히 되뇌었다. 강감찬이 계속해서 충언을 올렸다.

"그러하옵니다. 이번에 만에 하나 적들이 개경까지 들이닥치더라도 지난번과 같은 파천은 불가능할 것입니다. 그렇다면 우리에게 남은 전술은 오직 하나, 청야 작전이 될 것입니다."

"뭐, 뭐요? 청야 작전!"

강감찬의 전략을 들은 현종의 얼굴이 새하얗게 질려버렸다.

2.
대수혁

같은 날 미시(오후 1~3시), 개경 어사대 본청 연무장.

한 사내가 커다란 칼을 휘두르며 검술을 익히고 있었다.

"이얍, 얍!"

검첨이 푸른빛 원호를 그리며 허공을 갈랐다. 그 속도가 워낙 빨라 공중에는 칼끝으로 그린 푸른빛 궤적이 한동안 남아 있었다.

뛰어난 검술을 선보이는 사내의 이름은 김종현.

올해 서른여섯인 그는 큰 키에 기골이 장대했다. 거기다 구릿빛 피부와 팔다리에 맺힌 탄탄한 근육이 인상적이었는데, 이는 평소 검술과 마술(馬術)을 익혔기 때문이다.

원래 감찰어사였던 그는 뛰어난 능력을 인정받아 얼마 전 판관(탈영병을 가두는 직책)으로 임명됐다. 요컨대, 김종현은 문무를 겸비한 촉망받는 젊은 관료였다.

그렇게 한동안 무예를 닦고 있던 그때, 본청 연무장으로 부관이 헐레벌떡 뛰어왔다.

"김 판관님, 서부 연병장에서 문제가 생겼습니다."

"무슨 일이냐?"

"별장(정7품 군인)들끼리 싸움이 붙었습니다요."

"뭐라?"

미간이 좁혀진 김종현이 급하게 현장으로 달려갔다.

⁂

서부 연병장에는 수십 명의 병사가 빙 둘러선 채 웅성거리고 있었다.

"뭐야, 어찌 된 일이냐?"

김종현이 군중 사이를 비집고 들어갔다. 판관의 등장에 바다가 갈라지듯 병사들이 길을 터줬다. 중앙에 이르니 두 사내가 서로 마주 보며 씩씩대고 있었다.

"하아, 하아… 그 말 취소해."

"네놈 행실이나 고치고 말해. 헉, 헉."

한 녀석은 자색 군복, 또 다른 녀석은 흰색 도복을 입고 있었다. 자색 군복을 입은 한 녀석은 헝클어진 머리에다 주먹으로 맞았는지, 벌겋게 달아오른 얼굴. 그 상대인 흰색 도복을 입은 녀석은 건장한 체격이지만, 그 또한 몇 대 쥐어박힌 상황이었다. 둘 다 20대 초반으로 보이는 젊은 별장들이었다.

군대 내에서의 분란이나 다툼을 극도로 혐오하는 김종현이 두 사내에게 다가가며 소리쳤다.

"이게 뭣들 하는 짓이냐?"

김종현이 다가가자, 흰색 도복의 남자가 군례를 취했다.

"오, 오셨습니까. 판관 나리."

흰색 도복은 고개를 숙이는 데 반해, 자색 군복 녀석은 싹수없이 고개만 돌린 채였다. 열 받은 김종현이 그 얼굴을 자세히 보려고 가까이 다가가는 순간….

"아니, 자네는?"

김종현의 눈이 휘둥그레졌다. 자색 군복은 그도 아는 인물이었기 때문이었다.

고개를 돌린 채, 시뻘건 얼굴로 씩씩대는 그 녀석의 이름은 대형인. 반항기가 가득한 그는 8년 전 서경 전투 때 전사한 대도수의 아들로 발해제국의 황손이었다.

지금 술에 절어 머리는 헝클어졌고 그 꼴이 말이 아니긴 하지만, 짙은 눈썹과 곧은 콧날, 떡 벌어진 어깨가 예사롭게 보이지 않았다. 거기다 풀린 눈을 하고 있음에도 불구하고, 그 그윽하고 깊은 눈은 뭔가 사연을 간직한 듯했다.

김종현은 예전에 몇 번 이 친구를 본 적이 있었다. 그 유명한 대도수 장군의 아들인 데다, 발해 유민의 대표라 나름 유명인이었으니까.

'호가 수혁이라 했지, 아마?'

대형인, 그러니까 대수혁이 서경 전투 때 구사일생으로 살아남은 건 알고 있었다. 가만, 그러고 보니 2년 전 곽주성 전투에서 아내를 잃었다고 했던가?

김종현은 병사들 사이에 있는 중랑장들에게 물었다.

"어찌 된 일인가?"

"그게…."

중랑장은 머리를 긁적이며 자초지종을 이야기했다.

"저 대수혁이라는 자가 술을 먹고 행패를 부려 다들 난감해하는데, 저 고기백이란 자가 나타나 실랑이가 붙어 그만 싸움을 하게 됐지 뭡니까요."

"흠, 그래? 신성한 군영에서 술을 처마셨다는 건가?"

대수혁과 고기백은 2군인 응양군과 용호군 소속 별장으로서 각각 50명의 부하를 거느리고 있다고 했다. 설명을 다 들은 김종현이 대수혁을 보며 물었다.

"별장이나 되는 자가 이런 짓을 하다니. 군율을 어기면 목이 달아난다는 것쯤은 알겠지?"

"…."

대수혁은 여전히 눈을 마주치지 않은 채 고개를 돌리고 있었다. 그러더니 갑자기 고개를 올려 김종현을 쳐다보고 고함쳤다.

"뭐, 어쩔 거요? 꺼억!"

아직도 취기가 가시지 않았는지 대수혁이 혀꼬부랑이처럼 답했다. 입 냄새가 지독했다. 그런 그를 보며 김종현이 한심하다는 듯 한마디 내뱉었다.

"쯧쯧…. 자넨 돌아가신 아버님께 부끄럽지도 않은가?"

김종현은 옆에 있던 중랑장을 쳐다보며 명령했다.

"이 두 녀석을 영창에 가두어라!"

⁂

그날 밤, 개경 용호군 영창.

쇠창살 사이로 들어온 푸른 달빛이 대수혁의 등을 비추었다. 좁은 창을 등진 그는 쪼그리고 앉아 나뭇가지로 바닥을 긁으며 광인처럼 중얼거렸다.

"산다, 죽는다, 산다, 죽는다…."

8년 전 서경성에서 구사일생으로 살아남은 그였다. 하지만 지금은 거의 폐인이 된 상황. 대장군이었던 아버지의 대를 이어 세습 군인으로 살아왔지만, 그동안 계속된 전쟁으로 정신은 완전히 피폐해져 버렸다.

'홍윤이 엄마는… 하늘나라에서 잘 지내고 있을까?'

대수혁은 고개를 들어 창밖을 바라봤다. 바깥은 어두컴컴했다. 마치 자신의 인생처럼.

2년 전, 거란의 5차 침략 때 아리따운 아내는 그만 곽주성에서 목숨을 잃고 말았다. 아직 돌도 지나지 않은 아들 홍윤이를 유모에게 맡긴 채 말이다. 나중에 피난민들한테 들은 이야기로는 아내는 거란군에게 치욕을 당하지 않기 위해 스스로 우물로 뛰어들었다고 했다.

그 이후 대수혁은 술에 절어 살았다. 삶의 의미를 찾을 수 없었다. 그렇게 폐인처럼 지내는 동안 시간은 2년이나 흘러버렸고, 아들은 어느덧 세 살이 되었다. 삶에 대한 의욕을 잃은 대수혁이었지만, 아들 때문에 목숨도 끊지 못하는 신세였다.

거기다 자신은 아버지를 잇는 세습군인이라 다른 일을 할 수도 없었다. 이번 전투도 어쩔 수 없이 끌려온 것.

고려 사회에 대한 불만도 나날이 높아져만 갔다. 후삼국이 통일된 지도 벌써 3세대가 지났건만, 아직 출신 지역에 따른 차별은 알게 모르게 남아 있었던 탓이다.

'이놈들은 자기한테 유리하다 싶으면 발해인, 조금만 불리하다 싶으면 여진족이라 부른단 말이지.'

그렇게 그는 점점 더 술에 빠져들게 되었다. 그러다 오늘, 이 사달이 나고 만 것이다.

낮에 다투었던 고기백 역시 발해 유민으로, 예전에는 둘도 없는 친구였다. 하지만 대수혁이 아내 소연과 결혼한 이후 관계가 소원해져 버렸다. 사실 고기백도 아내가 처녀일 때 연정을 품고 있었기 때문이다. 거기다 그의 집안은 원래 고구려의 황실과도 연결된다. 발해 유민들 사이에서도 대 씨와 고 씨 사이에는 묘한 알력 다툼이 있었다.

그런 와중에 녀석의 부하와 자기 부하 사이에 사소한 다툼이 있었고, 그게 급기야 지휘관끼리의 다툼으로 번졌다. 서로 언성이 높아지던 와중에 고기백이 그의 꼭지를 돌게 만드는 말을 해버린 것이다.

서경 전투 때 너희 아버진 항복하지 않았냐 말이다.

아버지 대도수 대장군. 당신께서 얼마나 치열하게 적과 싸우다 전사하셨는지 대수혁은 안다. 하지만 어이없게도 2차 침략 이후 아버지는 거란에 항복한 것으로 알려져 버렸다.

'빌어먹을….'

세상인심이란 이렇게도 야박한 것인가? 필요할 땐 그렇게나 알랑방귀를 뀌어대며 아부하더니, 고인이 되자마자 반 발해파들이 그런 소문을 퍼뜨리다니. 물론 아버지께서 항복했다는 소문은 거란이 일부러 퍼뜨린 거였지만, 이걸 또 발해 유민을 꺼리는 반대파들이 의도적으로 악용한 점도 있었다. 당시 고려는 개경파니 서경파니 하며, 혹은 문신파니 무신파니 하며 구중궁궐에서 치열한 권력 암투를 벌이고 있었으니 말이다.

삼인성호(三人成虎)요, 죽은 자는 말이 없다고 했다. 힘 없으면 밟히는 엿 같은 세상이었다. 엿 같은 세상….

'쳇, 그나마 탁사정이 유배된 거로 위안 삼아야 하나?'

서경 전투 때 대도수를 버리고 도망친 탁사정은 전후 결국 유배를 가, 거기서 죽었다. 천벌을 받은 셈이다. 하지만 그것만으론 부족하다. 아버지가 항복했다는 얼토당토않은 누명은 반드시 벗겨드려야 한다…. 대수혁은 마음 한편에 늘 그런 책임감을 갖고 있었다. 그래서 아버지 역시 저 위대한 양규나 김숙흥처럼 널리 널리 인구에 회자되어야 했다.

'아버지는 항복 안 했어. 항복 안 하셨다고.'

대수혁은 그렇게 쪼그리고 앉은 채, 밤새도록 중얼거리며 뭔가를 바닥에 그려댔다.

⁂

다음 날 오전, 영창에서 나온 대수혁은 장병들에 의해 어디론가 끌려갔다. 이윽고 그가 다다른 곳은 고려군 본영 내의 상원수 막사였다.

'여긴 상원수의 막사 아닌가?'

대수혁은 뭔가 일이 커진 것 같은 느낌을 받았다. 막사 안에 들어온 그는 잔뜩 긴장한 채 주변을 살폈다.

회의 탁자에서 부관과 이야기를 하던 강감찬이 그를 알아보고 물어왔다.

"자네가 대도수 장군의 아들인가?"

"그, 그렇습니다, 각하."

대수혁이 쭈뼛거리며 답했다. 강감찬은 그가 마치 길들지 않은 야생마 같다고 느꼈다.

"그래, 자네 아버님은 참으로 훌륭한 충신이자 용장이셨지. 이런저런 말이 많지만, 내 이것만은 알고 있지. 자네 아버님이 항복하실 분이 절대 아니라는 걸."

"…."

그 말을 듣는 순간, 대수혁의 눈이 커졌다. 강감찬은 미소 지으며 고개를 끄덕였다.

"나도 시중에 떠도는 말쯤은 알고 있다네."

항간에는 8년 전에 대도수 장군이 거란에 항복했다는 소문이 떠돌고 있었다. 하지만 강감찬이 보기에 그건 어디까지나 풍문일 뿐으로, 평소 알고 있던 대도수 장군이 아니라고 확신했다. 죽으면 죽었지 항복을 할 인물은 아니었으니 거란에 항복하진 않았을 것이다. 아마도 그건 거란이 의도적으로 퍼뜨린 헛소문일 거라고 어렴풋이 짐작할 뿐이었다. 그들로선 고려의 영웅이 항복했다는 '사실'은 최고의 정치 선전이 될 것이니까. 강감찬은 시중에 떠도는 온갖 잡다한 뜬소문에 대해선 그저 그러려니 하는 인물이었다.

강감찬이 말을 이었다.

"자네 아버님이 하늘에서 지켜보고 있을 걸세. 망부께 부끄럽지 않은 아들이 되도록 하게."

"…."

대수혁은 뭔가 말하려 했지만, 갑자기 목이 메어 입을 열 수 없었다. 그런 그를 보는 강감찬의 얼굴에 인자한 미소가 지어졌다.

사실 어제 대수혁에 대한 보고를 들은 후, 강감찬은 상당히 오래 고민했더랬다. 대수혁은 20대 초반이라 아직 직책이 별장에 지나지 않지만, 그 사회적 지위는 무시 못 했다. 무려 발해제국의 황손 출신 아닌가 말이다!

그는 단순한 개인이 아니라, 발해 유민 사회를 대표하는 인물. 그를 따르는 발해계 병사들은 숫자도 많았지만, 전력도 우수해 고려군의 중추를 이루고 있었다. 즉, 대수혁을 함부로 다루다간 발해 유민들이 크게 동요할 수도 있다는 뜻이었다.

강감찬은 마지막으로 대수혁의 심금을 울리는 말을 했다.

"이번 전투에 열심히 임하면, 전투 후 자네 아버님의 명예 회복에 힘쓰도록 하겠네."

"그게 무슨 말씀인지…."

벙어리처럼 입을 꾹 다물고 있던 대수혁이 마침내 입을 열었다. 강감찬이 단호하게 대답했다.

"자네 아버님께서 항복하셨을 리 없지 않은가? 그 소문은 거란족들이 일부러 퍼뜨렸다는 걸 기록으로 남기겠단 말일세."

"!"

대수혁은 망치로 머리를 한 대 얻어맞은 듯한 느낌이었다. 강감찬이 말을 이었다.

"지금 적들이 침략해오고 있네. 아들이 있다고 들었는데, 그 아이가 북적의 지배하에서 자라는 걸 바라는가?"

"그, 그건 아닙니다."

"그렇지? 그러면 열심히 싸워야지, 안 그런가? 아버지의 명예 회복을 이룰 수도 있고 말이야."

"…."

대수혁은 고개를 숙인 채 말이 없었다. 머릿속이 혼란스러웠다. 그때 강감찬이 결정타를 날렸다.

"자네는 대발해제국의 황손일세. 그 고귀한 혈통으로 허송세월만 하고 있다면, 조상님께 큰 죄를 짓는 게 아니겠는가!"

"!"

순간, 가슴 속에서 뜨거운 무언가가 울컥하고 솟아올랐다. 전율이 퍼지면서 온몸에 닭살이 돋았다. 뭔가를 말하고 싶었다. 하지만 입을 뗄 수 없었다. 그런 그를 무념무상으로 바라보던 강감찬이 입을 열었다.

"뭐, 전장에 나가기 싫다면 굳이 말리진 않겠네. 하지만 평생 영창에서 썩는 건 각오해야 할 걸세."

그 말을 듣자마자 심장이 쿵쾅쿵쾅 뛰었다. 강감찬이 짐짓 엄하게 꾸짖듯 말했지만, 자신에 대한 애정이 담긴 말이란 건 느낄 수 있었다.

'아, 어떻게 할 것인가….'

대수혁은 눈을 감았다. 한동안 고민하던 그는 잠시 후, 천근 같은 입을 겨우 열었다.

"견, 견마지로를 다하리다. 각하."

어렵게 승낙한 대수혁에게 강감찬이 즉각적으로 반응했다.

"생각 잘했네. 아들에게 자랑스러운 아비가 될 걸세."

강감찬이 대수혁의 어깨를 두드리며 말을 이었다.

"어제 있었던 일은 내 없던 거로 하겠네. 하지만 다음에 또 같은 일이 생긴다면 나도 어쩔 수 없네. 처신을 제대로 하게."

"아…."

잠시 눈알을 굴리던 대수혁이 이내 알았다는 듯 고개를 숙였다.

"가, 감사합니다. 상원수 각하."

대수혁은 멋쩍게 군례를 바쳤다. 강감찬이 옆의 부관에게 말했다.

"자, 대 별장을 집으로 모셔주게. 영창은 이제 됐으이."

"네, 각하."

그렇게 대수혁은 막사를 나왔다. 두 볼은 빨갛게 상기돼 있었다.

“하아….”

속이 울렁거렸다. 숨을 크게 들이킨 후, 하늘을 쳐다봤다. 불현듯 8년 전의 서경 전투가 떠올랐다.

‘아버지….’

또한 곽주성 전투 직전 아들을 품에 안고 있던 아내의 모습도 겹쳐졌다.

‘여보….’

– 휘이잉~.

귀가 떨어질 듯 매서운 바람이 불어왔다. 하지만 대수혁의 가슴은 불구덩이를 삼킨 것처럼 뜨거워졌다.

오늘따라 고려의 하늘은 더욱 청명해 보였다.

3.
고려군 출정

11월 14일 밤, 황궁 별전.

일렁이는 호롱불이 마주 보고 앉은 현종과 강감찬을 비추고 있었다. 현종이 무거운 입을 열었다.

"짐은 사실 많이 두렵소."

불안해하는 왕을 한동안 바라보던 강감찬이 입을 뗐다.

"두려워하지 마시옵소서. 폐하는 세상에서 가장 강인한 분이시옵니다. 천추태후의 암살 기도, 거란의 침략, 김훈과 최질의 모반도 이겨내신 분입니다. 무엇보다 저를 비롯한 모든 고려의 신민이 폐하만을 믿고 따르고 있습니다. 마음을 굳게 가지시옵소서."

강감찬의 뜨거운 눈빛과 열변이 현종의 심금을 울렸다. 그는 한 번 눈을 꽉 감은 뒤, 고개를 끄덕였다.

"흐음…. 알겠소."

"망극하옵니다."

현종은 뒤이어 강감찬의 두 손을 꼭 쥐며 말했다.

"평장사, 그대만 믿습니다."

"심려치 마옵소서. 목숨 바쳐 고려를 지키겠나이다."

강감찬의 대답을 듣는 순간, 현종의 머릿속으로 지난 2차 침공 이후 8년간의 일들이 주마등처럼 스쳐 지나갔다.

2차 침략 때 나주로의 몽진을 주장한 것, 김훈·최질을 제거하기 위해 그들을 서경으로 불러들인 것, 5도 양계의 구축을 강력히 주장한 것. 이 모든 게 강감찬의 머리에서 나온 것이었다.

강감찬은 그야말로 정치의 천재였다. 현종은 그런 강감찬을 정치적 스승으로 생각하고 있었다.

"평장사, 짐은 그대를 스승님이자 아버지처럼 생각하고 있소. 짐이 이렇게 용좌에 앉아 있는 것도 그대 덕분이오. 다시 한번 부탁하니, 이번에도 부디 승리하고 돌아오시오."

왕의 진심 어린 말이 이번에는 강감찬의 심금을 울렸다. 눈가에 눈물이 맺힌 강감찬이 머리를 조아리며 외치듯 답했다.

"성은이 망극하옵니다. 반드시 이기고 돌아오겠사옵니다, 폐하!"

⁂

다음 날 새벽, 대수혁의 집.

대수혁이 안방에서 잠을 자고 있었다. 하지만 그의 인상은 일그러졌고, 온몸에 땀을 흘리고 있었다. 악몽을 꾸고 있는 듯했다.

"으…."

꿈속은 안개만이 자욱한 어두운 공간이었다. 다만 부서진 우물 하나가 보였는데, 2년 전 곽주성 전투 때 성안에 있던 것이었다. 그 옆에서 대수혁이 죽은 아내를 부여잡고 울부짖고 있었다.

"으어허, 홍윤이 엄마…."

대수혁은 어찌할 줄 모르며 아내를 계속해서 불렀다.

얼마나 그랬을까? 어느 순간, 눈앞에 아내가 나타났다. 그녀는 살아있을 적 고운 자태 그대로였다.

"홍윤 아빠, 일어나세요."

"여, 여보!"

대수혁은 눈이 휘둥그레진 채 살아있는 아내를 바라봤다. 품에 안고 있던 죽은 아내는 어느새 사라지고 없었다.

"일어나서 적을 무찌르세요. 당신이 이러고 있는 건 제가 원하는 게 아니에요."

"하아… 여보."

"다물.* 다물을 잊지 마세요."

대수혁은 '다물'이란 단어를 듣는 순간, 마치 벼락에 맞은 듯 전율했다.

다물.

다물이란 '땅과 물'이란 뜻으로 잃어버린 고토 수복에 대한 염원

* 고구려 말, 옛 땅을 회복하는 걸 '다물'이라고 한다(麗語謂復舊土爲 多勿). 《삼국사기》 제13권, 〈고구려본기〉 유리왕 2년 조.

이 담긴 이름이다.

"아…."

자기도 모르게 눈물 한줄기가 흘러내렸다. 순간, 아내가 허리를 숙여 입맞춤을 해줬다. 포근하고 아름답던 옛 추억이 주마등처럼 스쳐 지나갔다.

순간 큰 지진이 일어난 듯 땅이 흔들렸다.

"헉!"

대수혁은 고함을 지르며 눈을 떴다.

'꿈인가….'

이마에 송골송골 맺힌 땀을 닦았다.

한참 동안 그렇게 앉아 있던 그는 고개를 들어 벽을 바라봤다. 그곳에는 자신의 갑옷이 걸려있었다. 지난 2년간의 악몽 같던 시간이 벽면 위에 그림처럼 펼쳐졌다.

"후…."

큰 숨을 내쉰 대수혁은 불현듯 벌떡 일어나, 갑옷을 하나씩 입기 시작했다. 그런 다음, 안채로 건너가 어머니께 큰절을 올렸다.

"어머님, 다녀오겠습니다. 제가 없는 동안 잘 지내십시오."

"그래, 결심했느냐?"

어머님의 눈가가 촉촉해졌다. 하지만 당신은 전혀 내색하지 않고 오히려 미소를 지어 보이셨다. 대수혁이 답했다.

"나라가 위급합니다. 군인으로서 책무를 다할 생각입니다."

"알았다, 부디 몸조심하거라."

40대 후반인 어머니는 고생을 워낙 많이 하셔서 그런지 이미 백발이 성성했다. 얼굴에 깊이 팬 주름 하나하나마다 근심이 가득 담겨있었다.

그때 할머니 품에 안겨있던 홍윤이가 달려와 대수혁에게 안겼다.

"아빠, 가지 마!"

"아빠 금방 갔다 올게, 할머니랑 잘 놀고 있어. 홍윤아."

"아앙~"

아들 홍윤이는 대수혁의 바짓가랑이를 잡고 떨어질 줄 몰랐다. 대수혁은 마음이 찢어졌지만, 힘겹게 아들을 밀어냈다. 그리고 어머니를 보며 고개를 숙였다.

"잘 부탁드립니다. 어머님."

"그래, 걱정하지 말고 잘 다녀오거라."

대수혁은 정말로 일어나기 싫었지만 일어나야만 했다. 마당에 나온 그는 자신을 기다리던 말에 올라타며 말했다.

"가자, 천수(天水)야."

아버지가 타던 천지의 새끼인 천수. 이름에 땅과 물이 들어간 이유는 '다물'을 기억하기 위해서였다. 그렇게 대수혁은 동이 틀 무렵 집을 나섰다.

개경 십자로로 나온 대수혁은 어릴 적부터 친한 동생인 양대춘의 집을 찾기로 했다. 그는 8년 전 고려를 구하고 장렬히 전사한 명장 양규의 아들이었다.

"이번에 안주로 출정하게 됐네."

"아, 그럼 한동안 못 보겠군요. 저는 이곳 개경에서 수비를 맡기로 했습니다."

"황상 폐하의 안위를 잘 지키게."

대수혁이 비장한 표정으로 양대춘의 어깨를 두드렸다. 두 사람 모두 지난 2차 거란 침략 때 아버지를 잃은 관계로 일종의 동병상련을 느끼고 있었다.

올해 열아홉이 된 양대춘은 양규의 아들답게 직접 참전하기로 결심했다. 다만 음서로 교서랑(비서성 정9품)에 제수된 까닭에 전방에 갈 순 없었고, 개경 수비대의 일원으로 남아 황궁을 지켜야만 했다.

20만 대군이 떠나는 그날, 양대춘은 안주로 향하는 대수혁과 아쉬운 작별 인사를 나누었다.

"몸조심하십시오, 형님."

"알겠어. 교서랑도 건강히 잘 있어. 어머님을 좀 부탁하마."

"그건 걱정 마십시오. 제가 책임지고 지켜드리겠습니다."

양대춘이 넓은 가슴을 팡팡 치며 미소 지었다. 대수혁 역시 고개를 끄덕이며 웃어 보였다.

"말만으로도 고맙네."

"하하, 응양군 소속이라면 이 정도는 해야죠."

양대춘은 교서랑이었지만, 워낙 위기 상황이라 응양군(황궁을 지키는 친위대) 소속으로 배치된 것이었다.

양대춘과 헤어진 대수혁은 이번에는 서눌의 집을 찾았다. 서눌은 저 위대한 서희의 아들로 국자감의 좨주 겸 지이부사 직을 맡고 있었다. 대수혁의 이버지 대도수와 친했던 서눌은 경술년의 서경성 전투 이후부터 어린 대수혁을 보살펴 주었고, 그를 친자식처럼 대하고 있었다.

사랑방에 들어온 대수혁이 서눌에게 절을 올렸다.

"지이부사님, 이번에 출정하기 전에 뵙고 인사드리고자 찾아뵈었습니다."

"그래, 각오를 단단히 하고 출정하라. 그래서 아버지의 원수를 갚도록 하라. 지금 거란이 저렇게 무도하게도 강동 팔주를 요구해 오니, 반드시 막아야지."

서희는 거란의 소손녕과 담판 이후 강동 8주의 방위를 강화하기 위해 성을 쌓다가 과로로 5년 만에 사망했다. 그 짧은 기간에 북방을 요새화시킴으로써 서희는 우리 역사에 불멸의 업적을 남기게 된다. 당연히 그의 아들인 서눌도 아버지의 유산은 반드시 지켜야 한다고 생각하고 있었다.

하지만 안타깝게도 갑인년(1014)에 압록강 이북의 선주(宣州), 맹주(孟州)를 빼앗겨 지금은 강동 6주가 된 상황. 잃어버린 고토는 하루빨리 되찾아야 했다.

덧붙이자면, 계사년 1차 침입 당시 거란이 생색내며 '떼어준' 이른바 강동 8주는 사실 거란 땅이라고도 할 수 없었다. 왜냐하면 거란이 발해를 멸망시켰다고 해도 그건 어디까지나 수도 부근이고, 당시 동경요양부와 청천강 사이에는 수많은 발해 유민과 여진 부족들이 거란에 대해 줄기차게 항거하고 있었기 때문이다. 대표적인 예가 발해를 계승한 후발해국과 정안국, 올야국이다. 당연히 거란의 행정력은 압록수 이남이나 백두산맥 쪽에는 미치지 못했다.

《요사》를 보면 거란은 시도 때도 없이 여진을 제압하기 위해 토벌군을 보냈는데, 그만큼 발해 유민의 저항이 거셌다는 방증이다.

그에 반해 고려는 이미 성종 대부터 압록강까지 진출해있었다. 즉, 거란이 이른바 '하사'한 이 지역은 원래부터 고려의 영향력 아래 있었던 것이다.

"무엇보다 선주와 맹주를 되찾도록 하겠습니다."

"말만 들어도 든든하네그려."

머리를 조아린 대수혁의 모습을 보는 서눌의 눈에 눈물이 맺혔다. 저 무도한 북적 거란 놈들은 이런 청년, 결혼한 지 이제 3년밖에 되지 않았고 두 살배기 어린 아들을 가진 이 청년을 전장으로 나가게끔 했다.

그렇게 대수혁은 한동안 서눌과 담소를 나눈 후, 집을 나섰다.

⁂

같은 날 오전, 개경 황궁 편전.

대소신료들 모두 엄중한 표정을 지은 채 좌우로 늘어서 있었다. 중앙의 용상에는 현종이 앉아 있었고, 용상 바로 아래에는 관복이 아닌 갑옷을 입은 강감찬이 한쪽 무릎을 굽힌 상태로 명을 기다리고 있었다.

'드디어 시작이다.'

현종은 사뭇 긴장하고 있었다. 하지만 적에게 겁먹어서 긴장한 게 아니었다. 이번에 닥친 위기를 반드시 극복하고 말겠다는 굳은 다짐…. 그런 다짐을 내보이는 긴장감이었다.

이윽고 왕은 일어났다. 그는 용상 아래의 신하들을 둘러보며 비장하게 말했다.

"거란군이 10만 기병을 이끌고 다시 우리나라를 침략해온다고 하오. 필시 어려운 싸움이 될 터이니 경들은 모두 마음을 굳건히 하시오."

"삼가 명을 받들겠나이다."

신하들이 모두 고개를 숙이며 답했다. 현종이 말을 이었다.

"그대들을 보니 짐은 매우 든든하오. 이번 침략도 반드시 물리치리라 생각하오."

"반드시 그리될 것이옵니다. 폐하."

왕은 용상의 계단에서 천천히 내려와 강감찬 바로 앞에 섰다. 잠시 후, 왕의 옆으로 내관이 다가와 고신장(임명장)을 건넸다. 현종은 고신장을 펼친 후, 강감찬을 향해 말했다.

"서경유수, 내사시랑 동 내사문하평장사 강감찬은 들으라."

"예, 폐하."

"경술년(1010)에 북적 거란이 본조를 침략해 와, 한강까지 깊숙이 쳐들어왔노라. 그때 다들 겁에 질려, 어떤 이는 할지(割地)를 하자, 어떤 이는 항복하자 하였으나, 그대만은 독야청청 항전을 주장하였다. 다행히 짐은 그대의 뜻을 따른 덕분에 본조의 정체를 지킬 수 있었노라. 만약 그때 그대의 계략을 따르지 않았다면, 온 나라의 백성이 지금쯤 호복을 입고 있을 터이다. 아, 그대의 충정과 공은 하늘에 닿을 만큼 크고 높으니, 그 명성과 덕이 자손만대에 걸쳐 이어질진저."

"성은이 망극하여이다!"

늙은 신하를 향한 젊은 왕의 진심 어린 축원에 강감찬은 감개무량했다. 뒤이어, 현종 옆의 내관이 부월(斧鉞, 통솔권의 상징인 도끼)을 바쳤다. 현종은 마치 의식을 하듯 천천히 몸을 돌려 두 손으로 부월을 잡았다. 그리고 다시 몸을 강감찬 쪽으로 향한 뒤 그에게 건넸다.

"짐은 이 부월과 함께 이십만 팔천삼백의 대군을 주노니, 그대는 짐의 명을 받들어 저 야만족 무리를 토벌하라!"

"삼가 받들겠나이다. 폐하!"

강감찬은 고개를 숙인 채 두 팔을 뻗어, 현종이 내민 부월을 받았다. 실로 경건하고 절박한 순간이었다. 현종은 울컥하는 마음을 억누르고 강감찬에게 속삭이듯 말했다.

"잘 부탁드립니다, 상원수. 수고해주십시오."

"목숨 바쳐 나라를 지키도록 하겠나이다."

강감찬은 자신도 모르게 눈물이 흘렀다. 그는 지난 70여 년 동안 늘 나라로부터 큰 은혜를 받았다고 생각해왔다. 8년 전, 현종의 몽진 때는 함께 나주까지 동행했었다. 그때도 이미 60대라는 노년, 이 시대의 기준으로는 살 만큼 살았다고 볼 수 있는 나이였다. 강감찬은 이미 자신의 목숨은 끝났으며, 지금부터의 삶은 그저 덤으로 사는 것일 뿐이라고 생각했다.

현종은 뒤이어 강민첨을 부원수로 임명하고 치하했다.

"고려의 운명이 부원수에게 달렸소. 잘 부탁하오."

"어명을 받들겠나이다. 폐하!"

강민첨 역시 비장한 각오로 현종의 명을 받들었다. 올해 55세로 서생 출신에 무예가 높진 않았지만, 강단이 있고 기개가 높아 중용되었다. 특히 그는 거란의 2차 침략 때 조원과 함께 끝까지 서경성을 사수했고, 이태 뒤에는 영일만에 쳐들어온 여진족 해적을 무찌른 영웅이었다.

무엇보다 지난 '김훈과 최질의 난' 때 크게 곤욕을 치른 현종이 무관을 고위직에 임명하는 걸 꺼렸기 때문이기도 했다.

뒤이어 현종은 또 다른 서경성 전투의 영웅인 조원을 시랑으로 임명했다. 그는 올해 41세로 전략을 짜는 데 능했다. 또한 얼마 전 감찰어사에서 판관이 된 김종현을 투입해 군 수뇌부를 꾸렸다. 이는 총대장급을 제외하면 연공서열을 따르지 않은 파격적인 인사였다.

바야흐로 필사의 각오를 다진 '신 고려 방어군'이 탄생한 것이다.

***

같은 시각.

이번 전쟁에 참전할 병사 수는 총 20만 8천3백이다. 그중 10만은 북계와 동계에 이미 배치되어 있어, 나머지 10만 8천3백의 병사들만 이곳 개경에 모이면 된다. 이중 5만은 경군이라 나머지 5만 8천3백만 남쪽 지방에서 오면 집합 완료다. 전쟁이 가까워졌기 때문에 남쪽에서 끊임없이 병사들이 몰려들었다. 십자가(十字街)는 며칠 전부터 수많은 병사로 북적거리고 있었다.

"자넨 어디 소속인가?"

"응, 흥위위."

"아, 그래? 난 좌우위."

"난 신호위."

병사들은 삼삼오오 모여 자신들의 소속을 확인하고 있었다.

고려군은 2군 6위제로 운영된다. 2군은 응양군과 용호군, 6위는 좌우위, 신호위, 흥위위, 금오위, 천우위, 감문위로 이루어져 있다.

2군은 국왕과 황궁을 지키는 근위대 겸 친위대인 반면, 6위가 실질적인 국방과 전투, 수도경비와 의장까지 맡는 부대였다. 이 6위 중 핵심 전투 부대가 좌우위, 신호위, 흥위위로 전체 병력 4만 2천의 7할이 넘는 3만 2천을 차지했다. 참고로 6위는 총 42령으로 구성되었는데, 1령은 병사 1천을 단위로 조직되었다.

"아휴, 이게 뭔 고생이여? 거란 놈들 땜에?"

"그러게 말이여, 이번에 군장이랑 무기 구하느라고 새가 빠지는 줄 알았구먼."

이들은 모두 정호(丁戶) 출신이다. 정호는 나라로부터 일정량의 토지를 받고 군역을 담당한 농민들이었다. 독특한 건 병사들 스스로 군장과 무기를 마련해야 한다는 사실이다. 따라서 전쟁은 힘없는 백성들에게 늘 고통을 안겨다줬다.

출정에 앞서 마지막 식사를 할 병사들은 십자로에 쭉 늘어선 주막에서 식사하며 반주를 곁들였다. 어느 정도 술에 취하자, 병사들은 너나 할 것 없이 자연스레 속마음을 털어놓기 시작했다.

"근데, 그쪽은 뭐 피해 본 거 없소?"

"나 말이오? 말도 마쇼. 그놈들 때문에 부모님이 돌아가셨지."

전쟁 통에 부모를 잃은 병사는 고개를 떨구고선 눈물을 훔쳤다.

"육시랄 놈들!"

눈물을 훔치던 병사는 이내 화가 난 듯 술을 들이켰다. 그걸 쳐다보던 상대편 병사도 한마디했다.

"나랑 처지가 비슷하구먼요. 난 놈들 때문에 마누라를 잃었소이다."

그는 씁쓸한 표정을 지으며 해가 지는 송악산을 바라봤다. 이 병사들뿐만 아니라, 십자로에 모인 병사 대부분이 가족을 그리워하며 노을을 응시했다. 붉게 물든 하늘빛이 사람의 마음을 더욱 처연하게 만들었다.

사실 오늘 개경에 모인 병사들 대다수가 8년 전, 참혹한 경험을 한 사람들이었다. 2차 침입 때 개경을 점령한 거란군이 그야말로 성읍 전체를 짓밟았다.

대다수 병사가 당시 폐허가 된 개경을 생생히 기억하고 있었다. 무너진 건물과 검게 타오르는 연기, 시체가 되어버린 아이를 붙잡고 절규하는 어머니, 고통스러워하는 부상자들, 부모를 잃은 고아들, 연인을 잃은 평범한 사람들, 먹을 것이 동나 2~3일은 예사로 굶는 어린이들…. 그때는 정말이지 하루하루가 지옥 같은 삶이었다.

십자로 남쪽의 도산 주막에는 발해계 병사들도 많았다. 특히 이들은 평소에도 거란이라면 이를 갈았다. 그들은 만나기만 하면 지금 거란의 지배를 받는 자신의 동족들에 대해 이야기했다.

"옛 땅에 사는 우리 일족은 거란 놈들이라면 아주 이를 갈고 있소이다."

"무엇보다 세금 수탈이 심하대요. 그냥 아주 죽으라는 거지, 뭐."

발해 유민들은 입에 거품을 물고 거란 놈들을 욕해댔다.

거란은 발해를 멸망시킨 후, 유민 대부분을 요양으로 강제 이주시켰더랬다. 이 과정에서 수많은 사람이 죽어 나갔다. 발해 유민들이 이러한 거란의 폭정에 저항하기 시작한 건 당연한 일이었다.

***

같은 날 오후, 개경 환구단.

– 휘이잉~!

아침부터 조금씩 날리던 눈발이 점점 거세졌다. 오늘의 출병식을 위해 십자가 광장을 가득 메운 장병들의 입에선 하얀 입김이 뿜어져 나왔다. 가만히 서 있지 못할 정도로 손과 발이 시린 추운 날씨였지만, 전의로 불타는 고려 병사들이었기에 그 뜨거운 열기로 몸을 녹일 수 있었다.

"성상 폐하 납시오!"

신관이 큰 소리로 외치자, 환구단으로 현종이 천천히 올라왔다.

출병에 앞서 상제와 태조 왕건에게 제사를 올리기 위해서였다. 사방으로 향이 은은하게 피어나는 제단 위에는 커다란 희생(제물용 짐승)이 놓여 있었다.

"천지신명과 태조 폐하시여, 부디 고려를 지켜주소서!"

이제 어가는 현왕의 망부, 망모의 영전으로 향했다. 영전에 도착한 현종은 안종으로 추존된 아버지와 효숙왕태후로 추존된 어머니(헌정왕후)의 위패 앞에서 묵도했다.

'어머님, 아버님…. 부디 이 불초 소생을 굽어살펴 주소서.'

부모님의 영전에서 나온 현종은 십자가 광장으로 향했다.

광장에는 수많은 병사가 도열해 있었다. 광장에 가설한 제단 위에 선 현종 옆으로 강감찬이 다가와 군례를 바쳤다.

"폐하, 이제 출전 준비는 완료되었습니다."

"알겠소. 수고하셨습니다. 상원수."

"성은이 망극하여이다."

강감찬이 몸을 물리자, 현종은 친히 병사들 앞에 나서서 연설했다.

"친애하는 고려의 병사들이여. 마침내 때가 왔도다. 저 북적 무리는 25년 전부터 무려 다섯 차례 넘게 우리나라를 침략해왔다. 저들은 발해와 조복(몽골)을 멸망시키고, 송나라를 굴복시켜 그 세력이 자못 강성하다. 하지만 우리 위대한 고려의 군사들은 다섯 번 모두 거란군을 물리쳤노라. 이것은 부처님과 태조대왕, 동명황신이 우리를 굽어살피시기 때문 아니겠는가!"

"맞습니다!"

"부처님께서 고려를 지켜주실 겁니다!"

현종의 연설에 단 아래의 수많은 병사들이 팔을 높이 치켜들며 함성을 질렀다. 현종 역시 그들에 답례하듯 미소 지으며 팔을 들었다.

"고려인들이여! 사랑하는 내 가족, 나의 부모님, 내 형제자매를 지키기 위해 다들 일어서자!"

"명 받들겠나이다. 폐하!"

"고려의 위대한 전사들이여, 그대들은 짐의 명을 받아 저 무도한 북적을 무찌르라!"

"와, 와!"

현종의 피 끓는 연설에 대한 답을 하듯 병사들이 큰 함성으로 화답했다. 뒤이어 현종은 강감찬에게 근엄한 목소리로 말했다.

"강감찬은 떠나라. 그리고 적들과 맞서 싸워 이기고 돌아오라!"

"목숨 바쳐 명을 받들겠나이다."

한쪽 무릎을 꿇은 채 현종에게 군례를 바친 강감찬이 다시 일어나 병사들을 향해 뒤돌아섰다. 그러고는 부월을 높이 치켜들며 병사들에게 외쳤다.

"우리는 승리한다. 이기고 돌아오자!"

"와, 와!"

강감찬의 외침에 장병들이 일제히 환호했다. 강감찬은 문신 출신이지만, 장수들 사이에서도 명망이 드높았다. 근래 거의 매년 치러야 하는 방어전으로 나라의 재정 문제가 힘들어지자, 스스로 자신의 토지 12결을 군호에 나눠주자는 청원할 정도로 멸사봉공 정신이 투철했기 때문이었다. 그런 강감찬이었기에 사기충천한 병사들은 더욱 크게 함성을 질러댔다.

"폐하 만세!"

"고려 만만세!"

그때, 개경 황궁 주작문에 매달린 종고(鐘鼓)가 크게 울려 퍼졌다.

– 댕, 댕, 댕!

강감찬은 제단의 계단을 내려와 대기하고 있던 백마 위에 올라탔다. 현종은 강감찬에게 팔을 크게 흔들어 보였다.

"반드시 승리하고 돌아오시오!"

이건 살아서 다시 못 볼 수도 있는 송별 의식이었다. 강감찬 역시 고개를 끄덕인 후, 말 위에 올라타 병사들에게 명령을 내렸다.

"전군 출진하라!"

"출진하라!"

기병 부대인 정용부대가 먼저 행군을 시작했다. 그 뒤를 보병들이 뒤따랐다.

"드디어 가는구나!"

– 둥, 둥, 둥!

– 부우웅!

북소리와 나팔소리가 천지에 울려 퍼졌다. 그렇게 대고려의 군대는 보무도 당당하게 북방의 강동 8주로 향했다. 총병력은 기병 4만 9천을 포함한 20만 대군. 전선으로 나가기에 앞서 장병들은 모두 팔을 높이 들고 함성을 질렀다.

"와, 와!"

"와, 와!"

강감찬은 사기가 오른 병사들을 보며 크게 외쳤다.

"모두들 흥화진으로 간다!"

그렇게 고려의 전사들은 흥화진을 향해 보무도 당당히 나아갔다.

4.
거란군 출정

11월 20일 정오, 동경요양부.

– 휘이이잉~!

매서운 바람이 귀신 소리를 내며 성을 훑었다. 그나마 아침부터 날리던 눈발이 점차 잦아들어 귀가 잘릴 것 같던 추위는 한풀 꺾였다. 회색빛 하늘이 무심하게 성읍을 내려다보는 가운데, 이따금 누런 흙먼지가 일었다.

언뜻 보기엔 메말라 보이지만, 사실 카라키타이(대거란 제국)의 다섯 수도 중 하나인 요양성은 얼마 전에 증축까지 끝내 화려하기 이를 데 없었다. 더구나 한겨울(양력으론 1월)의 추운 날씨임에도 불구하고 성읍 자체는 뜨거운 열기로 가득 찼다. 오전 내내 성의 서북쪽에 있는 백탑과 동쪽의 관음사에 사람들로 북적거렸기 때문이다. 이들은 모두 이번 고려 원정에 대한 승리를 기원하기 위해 부처님께 기도를 올리고 있었다.

– 둥, 둥, 둥!

이윽고 성안에서 울려 퍼지는 종과 북소리와 함께 거대한 용원문(龍原門)이 열렸다. 그와 함께 일단의 기병대가 쏟아져 나오기 시작했다. 성문 밖에서 출정하는 군대를 보기 위해 기다렸던 주민들이 병사들을 향해 손을 흔들었다.

"우와, 우피실군(右皮室軍, 황제 친위부대)이다!"

"향병이다. 향병!"

기병대와 낙타, 수레의 행렬은 끝도 없이 이어졌다. 무려 10만. 비록 카간 야율융서의 친정은 아니지만, 동평군왕 소배압이 도통으로 임명되어 침략하는 것이기에 압도적인 규모의 군사가 동원됐다.

거기다 이번 침략에는 무명(武名)이 드높은 우피실군과 천운군(天運軍, 거란군 최정예)을 비롯해, 향군(수도 방위군)과 속국 군까지 총동원되었다. 지난 몇 년간 실패에 실패를 거듭한 거란 제국이 이번에는 아예 작정하고 대규모 침략군을 보내는 것이다.

선두 부대가 먼저 나서고, 뒤이어 동평군왕 소배압의 부대가 뒤따랐다.

60대 후반의 소배압은 얼굴에 기름이 좔좔 흐르고 똥배가 톡 튀어나온 인물로, 고개와 턱을 빳빳하게 위로 쳐든 본새가 딱 보기에도 아주 거만하고 자부심이 하늘을 찌를 듯해 보였다. 하긴 2년 전에 무려 동평군왕에까지 봉해졌으니, 그 권세가 얼마나 대단하겠는가!

그런데도 그는 말 육포를 워낙 좋아해 계속해서 질겅질겅 씹어

대고 있었다. 입맛이 사회적 지위를 못 따라가는 상황.

'아무리 지위가 높아져도 말 육포만큼은 포기 못 하지. 크크.'

그렇게 소배압은 무피 투구를 쓰고, 가슴에는 화려한 문양이 새겨진 양피 갑옷을 입은 채 화려한 수레를 타고 행군하고 있었다.

이번 원정에는 도통으로서 참전하는 건데, 이는 카간 야율융서의 선택이었다. 지난 8년간 계속해서 고려 정복에 실패한 까닭에 권위가 크게 실추된 야율융서가 소배압을 마지막 패로 꺼낸 것이다. 소배압은 야율융서가 친정한 지난 2차 침략 때도 도통으로 참전한 적이 있어, 고려 원정에 익숙하리라 판단했기 때문이다.

동평군왕이라는 권세에 카간의 신임까지! 거릴 낄 게 없는 소배압이 귀를 후비며 옆에서 따라오는 부관에게 물었다.

"언제쯤 제천 행사를 할 수 있겠나?"

"네, 전하. 다행히 눈발이 그쳐 두 시진(4시간) 후면 열 수 있을 것이옵니다."

"흠, 그래? 알겠다. 자, 어서 빨리 가자고."

소배압이 이에 낀 말 육포 조각을 손가락으로 집어 꺼내며 성의 동쪽에 있는 궁장령 고개로 향했다.

*
**

두 시진 뒤, 요양성 동쪽의 궁장령.

출정에 앞서 동경요양부의 거란군은 이곳에서 제천의식을 하는 게 관행이다. 제단을 쌓고 하늘과 태양을 향해 제사를 올리는 것이다. 제물로 쓰일 희생은 백마와 푸른 소. 제사장이 축원한 후, 말과 소의 목을 잘라 그 피를 하늘에 바쳤다.

의식이 끝난 후, 흰색 한혈마로 갈아탄 소배압이 도열한 병사들 앞으로 나왔다.

"보라, 병사들이여. 우리는 고려 놈들을 이렇게 만들어 줄 것이다!"

소배압이 제단 뒤쪽을 바라봤다. 제단 뒤쪽의 넓은 벌판에는 나무 기둥에 죄수 한 명이 묶여 있었다. 살을 에는 추운 날씨에 넝마 같은 천 쪼가리 하나만 걸친 죄수는 추위에 공포심까지 더해져 사시나무 떨 듯하고 있었다.

"으아… 제발, 제발!"

죄수의 입에서 나오는 언어는 고려어였다. 지난 5차 침략 때 곽주성에서 포로가 되어 이곳까지 끌려온 불쌍한 고려인이다. 고려인이라는 이유만으로 죄인이 되어야 하는 더러운 세상. 거란군은 속국의 반란 진압이나 출정에 앞서 죄수 한 명을 죽이는 전통이 있는데, 이번에 불쌍하게도 이 고려인이 걸려버렸다. 보통 어느 나라나 부족을 치기 전에 그 지역 출신을 붙잡아 죽이는데, 이렇게 하면 상대 진영에 엄청난 공포감을 주는 부수적 효과도 있었다.

소배압은 죄수를 한 번 보더니, 등자로 말의 양쪽 옆구리를 때렸다.

"이럇!"

그는 죄수를 중심으로 세 번 크게 돈 후, 귀전(鬼箭)을 쐈다.

– 이히히히히!

귀전은 귀신 소리를 내며 날아가 죄수의 가슴에 박혔다.

"크헉!"

죄수의 윗도리가 점차 붉게 물들어 갔다. 하지만 이 불쌍한 고려인은 숨이 끊어지지 않았다. 쓰러질 듯한 몸을 가누기 위해 앙상한 두 다리로 악착같이 버티는 그 모습은 무척이나 애처로워 보였다.

"으하하하!"

"낄낄낄."

하지만 짐승 같은 거란인들 눈엔 그게 오히려 큰 유희였다. 부도통 소허열, 도감 야율팔가, 부장 야율호덕 등은 말에 올라탄 채 그 모습을 보며 낄낄거릴 뿐이었다. 그들은 곧 기둥 주위를 돌며 귀전을 쏘아댔다.

"아…."

고려인의 몸에 귀전 세 개가 더 박혔다. 뒤이어 거란군의 주력인 우피실군과 천운군의 주장들이 기둥을 돌며 귀전을 쏘아댔다.

– 이히히히히!

귀전의 귀신 소리가 천지에 울려 퍼졌다. 이미 숨이 끊어져 몸이 축 늘어진 고려인의 몸은 마치 고슴도치처럼 되어 버렸다.

그 모습을 보며 소배압은 카간 야율융서로부터 받은 전살검(군권의 상징)을 치켜세우며 크게 외쳤다.

"하하하, 한 달 후면 고려 임금 왕순 놈도 저리될 것이다!"

그의 호언장담에 수많은 병사들이 팔을 들어 외치며 호응했다.

"와, 와!"

"카라키타이 만세!"

"카간 만세!"

사기충천한 병사들의 모습을 보며 소배압이 흐뭇한 미소와 함께 고개를 끄덕였다. 그는 곧바로 병사들에게 명령했다.

"출정하라, 고려로. 놈들을 짓밟아 줄 것이다!"

"와, 와!"

"황제 폐하 만세!"

병사들의 함성이 천지를 울렸다. 그 고함은 마치 고려까지 전해지는 듯했다.

⁂

그날 저녁, 다하[茶河, 現 초하(草河)] 상류 거란군 진영.

– 휘이이잉~!

남서쪽에 있는 흑산에서 불어오는 매서운 바람이 눈 덮인 대지 위로 불었다. 칼로 베는 듯한 추위.

궁장령 고개에서 남하한 거란군은 오늘 이곳에서 숙영하기로 했다. 진지 곳곳에서 거란 병사들이 장작을 패거나, 가마솥에 음식을 끓이고 있었다. 이 와중에 진지 중앙의 가장 큰 막사에선 연기가 모락모락 피어올랐다.

막사 안은 그나마 중앙의 화톳불 덕분에 온기가 돌았다. 상석에는 모피 투구를 벗어 곤발(가운데 머리를 민 거란족의 변발)이 그대로 드러난 소배압이 정신없이 말고기를 뜯어 먹고 있었다.

"자, 어서들 들게."

"네, 전하."

소배압의 말에 소허열과 야율팔가를 비롯한 거란군 수뇌부가 말고기를 먹다 말고 고개를 숙였다. 소배압은 동평군왕이기 때문에 도통이면서도 '전하'라는 호칭으로 불리고 있었다.

"작전 회의도 작전 회의지만, 일단 몸을 따뜻하게 해야 싸울 것 아닌가."

"그러문입죠. 다 먹고 살자고 하는 일인데."

"하하하, 그렇지!"

야율호덕이 맞장구를 치자, 소배압이 껄껄껄 웃었다. 그의 비위를 맞추는 야율호덕은 이번 거란군 중에서도 최정예를 이끄는 맹장이었다. 그런 야율호덕마저 소배압을 대하는 태도가 이 정도이니 다른 장수들은 어떠하겠는가? 무릇 소배압을 대하는 부하 장수들의 태도는 이처럼 깍듯했다. 아니 정확히 말하자면, 다들 아부를 못해 안달이 난 정도랄까?

거란은 황족인 야율(알루트) 씨와 황후족인 소(사르무트) 씨가 연합해 세운 나라다. 그리고 소배압은 사르무트족 출신으로 선대 카간인 야율현(요 5대 황제 경종)의 부마이자, 현 카간인 야율융서의 장인 겸 매제이기도 했다. 따라서 그는 황족 못지않은 대단한 권세를 누리고 있었다.

"역시 우리 장수들을 생각해주는 건 백부님뿐이시옵니다."

뒤이어 소허열도 소배압에게 아부성 발언을 했다. 부도통이자 소배압의 조카인 소허열은 발해를 멸망시킨 거란 장수 소아고지의 5세손으로, 자신 또한 고려를 멸망시킬 운명을 타고났다고 믿는 되도 않는 인물이었다. 실제로도 병진년(1016) 이후부터 꾸준히 고려 원정에 참여하고 있었다.

"흠, 그런가?"

조카의 아부가 싫지 않은지, 소배압이 씩 웃으며 오른팔로 수염을 훔쳤다.

사실 소허열의 아부가 지나친 말은 아니었다. 그만큼 소배압은 능력도 출중했다. 예전 병술년(986)에 송나라를 침략해 수많은 고을을 점령한 후, 남경통군사로 임명된 그였다. 이젠 무려 동평군왕이기까지 하다. 한평생 승승장구해온 그의 자부심은 대단해, 그 콧대가 가히 하늘을 찔렀다. 당연히 고려왕 따위는 눈에 보이지도 않았다.

"고려왕 왕순… 대가리에 피도 안 마른 새끼가 겁도 없이 까불다니, 나 참 같잖아서."

"죽으려고 환장한 놈 같습니다요. 허허허."

"지난번 우리가 원정 갔을 때 걸음아 나 살려라 하면서 내뺀 놈이 말이야. 흥, 이번에는 진짜로 하룻강아지가 범한테 달려들면 어찌 되는지 보여주지."

"크크크, 분명히 무릎 꿇고 기어와 살려달라고 싹싹 빌 겁니다."

"하하하하."

소배압의 한마디에 다들 고개를 젖히며 크게 웃었다. 소배압이 기름이 잔뜩 묻은 손가락을 쪽쪽 빨며 거만하게 말했다.

"다행히 그때 잘 익혀놔서 이곳 지리는 내 잘 알지."

그는 카간 야율융서가 친정했던 지난 2차 침략 때도 도통으로 임명되어 사실상 전투를 진두지휘했다. 당시 거란군은 개경을 점령했음에도 현종을 놓치는 바람에 '고려 정복'이라는 목적을 달성하지 못했다.

당시의 상황이 사뭇 안타까웠는지, 소배압은 의자 팔걸이를 탁 치며 안타까워했다.

"그때 조금만 빨리 개경에 갔다면, 아니 개경에 입도한 후에도 놈들한테 안 속고 바로 한강을 넘었다면 고려왕 놈을 잡을 수 있었을 텐데 말이야. 그게 못내 아쉬워."

이번 원정도 겨울 동안 진행될 예정이었다. 이 시기에 침입해야 농경민들이 추수한 곡식을 빼앗을 수 있고, 무엇보다 강을 건너기가 쉽기 때문이다. 12월 이후는 다음 해의 방목을 준비해야 했기에 이들에게 허용된 시간은 최대 4개월이었다.

그때 야율호덕이 술잔을 들어 올리며 말했다.

"전하, 어찌 됐든 카간으로부터 중책을 맡으신 걸 감축드리옵니다."

"감축드리옵니다."

소배압이 자신의 똥배를 어루만지며 씩 웃었다.

"흐흐흐, 그래. 뭐, 내 입으로 이런 말 하긴 그렇지만 그동안의 원정 동안 내가 도통을 맡았던 그때가 그나마 가장 성과가 좋지 않았나?"

소배압이 거만한 표정으로 막사를 훑었다. 아니나 다를까, 이번에는 다른 부하 장수들이 아부를 떨기 시작했다.

"그래서 카간께서 도통을 믿고 대업을 맡기신 것 아니겠습니까?"

"계축년부터 계속해서 공략했는데, 좀체 뚫지 못하니 답답할 따름입니다."

그때, 야율팔가가 소배압에게 질문을 올렸다.

"전하, 그나저나 궁금한 게 있사옵니다."

"응, 그래 뭔가?"

"이번 작전에 대해 구체적 말씀은 아직 안 주셨는데, 어떻게 하실 작정이신지…."

"흠…."

소배압이 입 안의 말고기를 질겅질겅 씹으며 잠시 고민에 잠겼다. 이윽고 고기를 목구멍으로 다 넘긴 그가 아이락 주를 한잔 들이킨 후 트림을 했다.

"꺼억, 술맛이 아주 좋군."

"?"

쉽게 자신의 전략을 말해주지 않는 소배압 때문에 장수들이 먼저 안달이 났다. 그들은 그저 궁금해하며 소배압의 얼굴만 빤히 쳐다볼 뿐이었다. 그런 부하 장수들을 한 번 훑어본 소배압이 오른손 검지로 이를 쑤시며 말했다.

"개경으로 곧장 간다."

"네, 네엣?"

"그게 정말입니까?"

"동평왕 전하, 후방이 위험해질 수 있습니다!"

장수들이 다들 걱정스러운 듯 한마디씩 거들었다. 소배압은 이 사이에 낀 말고기를 뽑아내 다시 씹으며 퉁명스레 말했다.

"흥, 계축년부터 작년까지 흥화진이나 통주성, 영주성을 공격해서 뭐 성과라도 있었나?"

"그, 그건…."

"다시 말하지만, 두 번째 원정 때 조금만 더 빨랐으면 고려 임금을 붙잡을 수 있었어."

"…."

소배압의 일갈에 다들 눈을 내리깔고 고개만 끄덕일 뿐이었다. 소배압은 그들을 노려보며 말고기를 입에 한가득 뜯었다.

"이보게들, 문제는 기동력이야."

소배압의 주장은 일견 설득력이 있었다. 2차 침공 후 지난 8년 동안 거란은 줄기차게 고려를 공격했지만, 선주와 맹주를 차지하는 것 말고는 별다른 성과를 내지 못 했다. 곽주성도 한번 점령했다 물러났을 뿐이다.

이제 분위기가 자기 뜻대로 돌아갈 거라고 판단한 소배압이 술잔을 들어 꿀꺽꿀꺽 들이켰다.

"캬아, 역시 추위를 녹이는 데는 술이 최고지."

독한 술을 들이켜 취기가 확 오른 소배압이 장수들 앞에서 일장 연설을 시작했다.

"흥, 이번에 고려를 정복하려 하는 건 옛 고구려에 대한 복수이니라. 저 옛날, 고구려는 우리 선조인 비려(시라무렌강 상류의 부족)를 공격해 복속시켰으니 말이다."

지금으로부터 620여 년 전인 영락 5년(395), 고구려의 광개토태 왕은 요하 서쪽의 시라무렌강 비려를 정복하고 그 부족민을 신민으로 삼았었다. 소배압이 말한 건 이걸 가리키는 것이다. 소배압이 계속 구시렁거렸다.

"거기다 고구려는 모용 선비 씨가 세운 후연을 멸망시키고, 북연을 세운 후 속국으로 삼았지. 모용 씨는 우리랑 먼 친척뻘이니, 고구려는 우리랑 원수지간이란 말이야."

거란이 발원한 곳은 내몽골과 만주 사이로, 애초에 이들은 몽골족과 동호족, 선비족 등의 통혼으로 만들어진 부족이다. 자연히 모용 선비 씨를 멸망시킨 고구려에 대해 이를 갈 수밖에 없었다.

"그래서 태조(야율아보기)께서 나라를 세우신 후 가장 먼저 한 일이 고구려의 후예인 발해를 멸망시킨 일이지. 이제 마지막 남은 고구려 계승국인 고려를 멸망시킬 차례다."

발해 유민은 나라가 멸망한 이후 거의 100년간이나 거란을 괴롭혔지만, 이젠 어느 정도 잦아들었다. 이제 고구려를 계승한 유일한 나라는 고려. 소배압뿐만 아니라, 거란 제국 전체로 봤을 때도 이번 원정이 반드시 성공해야 하는 이유였다.

하지만 소배압의 이런 주장에 대해 요련장상온 아과달이 눈치 없이 딴죽을 걸었다.

"하오나 전하, 지난 계사년(993) 때 전하의 아우이신 소손녕 동경유수께선 우리가 고구려의 땅을 갖고 있는데, 고려가 침공해왔다고…."

"어허! 그대는 내 아우의 허세를 곧이곧대로 믿는가? 그건 그저 고려를 위협하기 위한 허풍일 뿐이었다네."

거란의 1차 침입 당시 소손녕은 서희 앞에서 거란이 고구려 땅을 가지고 있다는 둥 헛소리를 하다가 서희의 언변에 바로 제압당한 적이 있었다. 소손녕은 바로 꼬리를 내렸고, 서희는 강동 8주를 인정받는 성과를 이뤘었다. 물론 당시 고려는 이미 압록강 남쪽까지 사실상 진출했던 터라, 거란으로선 그저 생색내는 거에 불과했지만 말이다.

"그나저나 아우를 생각하니 참 불쌍하구먼. 자기 아랫도리 간수 못 해서 일찍 세상을 뜨다니…. 쯧쯧."

소배압은 동생의 이름을 듣자 갑자기 그가 생각났는지, 혀를 찼다. 소손녕은 이미 고인인 상황.

20여 년 전, 당시 권세가 하늘을 찌르던 소손녕은 하루아침에 승천황태후에게 사사(賜死)받고 말았는데 그 이유가 좀 남세스러운 것이었다.

소손녕은 승천황태후의 사위였는데 딸이 죽은 뒤, 태후가 그에게 선물한 궁녀와 사사로이 정을 통한 게 들켰기 때문이다. 앞서 이야기했듯 거란은 야율 씨와 소 씨의 연합정권이라, 선황제가 죽고 황후가 수렴청정할 경우 그 권세가 하늘의 나는 새도 떨어뜨릴 정도였다. 제아무리 소손녕이라도 황후의 눈 밖에 나는 순간 죽은 목숨이 된 것이다.

명예롭지 못하게 죽은 동생을 생각하니 씁쓸해졌는지, 소배압이 팔자주름을 지으며 장수들에게 말했다.

"쩝, 다들 이번 원정 동안에는 여자 생각 말고 오로지 승리만 생각하게."

"하하하, 알겠습니다. 하지만 그 여자라는 게 거란 여자인 거지, 고려 여자는 괜찮겠지요?"

"어, 그런가? 흐흐흐, 그래! 고려 여자를 범하는 건 내 권장하는 바이네. 하하하!"

"하하하!"

장수들이 다들 고개를 젖히며 웃었다. 소배압은 그들을 보며 생각에 잠겼다.

'흠, 그나저나 이번 원정은 꼭 성공해야 하는데 말이야.'

사실 이번 고려 원정은 소배압에게 일생일대의 기회가 될 수도 있을 터였다. 이미 동평군왕까지 올라온 그였다. 그런데 이번 원정까지 성공한다면, 거기다 이 고려 정복이란 게 지난 수년간 숱한 장수들이 실패했고, 심지어 친정했던 현 카간까지도 완수하지 못했던 거란의 숙원 사업 아닌가!

'후후, 만일 성공한다면 카간까지도 오를 수 있는 업적인 거지.'

소배압은 수염을 슬슬 만지며 계속 상상의 나래를 폈다.

'수나라를 세운 양견, 후진을 세운 석경당 모두 외척 아니면 황제의 사위 아니었던가! 난 누구보다 카간이 될 재간을 가진 몸이지.'

아무리 자신이 권세가 높은 황후족 소 씨 출신이라 해도, 황족인 야율 씨에 비할 바는 아니었다. 거란에서 사실상 일인지하 만인지상의 지위에 있지만, 그의 욕심은 끝이 없었다.

'난 아직도 배고프다. 더 높은 지위를 갖고 싶어. 그러기 위해선 고려를 반드시 정복할 것이다!'

소배압은 웃고 즐기는 장수들을 바라보며 술잔을 들이켰다. 술잔에 가려 그가 짓는 비열한 미소는 부하 장수들 중 누구도 보지 못했다.

"자, 모두들 잘 들어라!"

소배압이 의자 팔걸이를 내리치며 크게 외쳤다.

"반드시 고려의 왕을 사로잡고, 강동 팔주를 반환받을 것이다!"

"여부가 있겠습니까!"

장수들이 일제히 합창했다. 소배압은 그들을 둘러보며 술잔을 높이 치켜들었다.

"거란의 전사들이여, 개경을 점령하고 고려왕을 포획하자!"

"개경을 점령하고 고려왕을 포획하자!"

"거란 제국 만세!"

장수들의 함성이 막사 너머 천지에 크게 울려 퍼졌다.

5.
흥화진 도착

11월 26일 저녁, 안주 남쪽 30리(11.7㎞) 지점, 고려군 숙영지.

좌우위 소속 장병들이 삼삼오오 모여 식사를 하고 있었다. 식사라고 해봐야 주먹밥일 뿐이지만, 그래도 이 한겨울엔 그거라도 감사히 먹어야 했다. 고기백 역시 동료 별장들과 함께 짚을 깔고 주저앉아 주먹밥을 먹고 있었다. 동료 별장들은 그보다 다 나이가 많았는데, 고기백이 발해의 귀족 집안 출신이라 계급이 다른 사람들보다 높았기 때문이다.

고기백 앞에 앉은 양주(現 서울) 출신 별장이 맞은편의 충주 출신 별장에게 물었다.

"제길, 도대체 이번이 몇째 침략이지?"

"말도 마. 세는 것도 헷갈려. 그러니까 육 차 침공이지, 아마?"

"무슨 소리야. 칠 차 아냐? 칠 차?"

"에이, 육 차가 맞다니까!"

별장들은 이번이 몇 번째 침공인지에 대해 언쟁하며 계속 밥을 먹었다. 사실 이들이 헷갈릴 만도 했다. 지난 2차 침공 이후 거란은 거의 매년 크고 작은 침략을 해왔기 때문이다.

먼저 계축년(1013) 5월, 거란은 여진족들을 준동해 고려를 다시 침략했다. 하지만 대장군 김승위가 이끄는 고려군이 대반격을 했고, 결국 거란은 물러났다.

다음 해인 갑인년(1014) 10월, 아직도 고려를 굴복시키지 못한 것에 분노한 거란주 야율융서는 상온 소적열에게 명령해 대규모 부대를 이끌고 고려를 침공하라고 명했다. 거란군은 엄청난 물자를 동원해 선주와 맹주를 점령하고 통주와 흥화진을 또다시 침략해왔다.

다행히 고려에는 명장 양규를 잇는 정신용과 주연이 있었다. 그들은 흥화진에서 출격한 후, 거란군의 후미를 공격해 적 수급 7백을 베었다. 현종은 정신용과 주연의 활약에 크게 기뻐하며 정신용을 대장군으로 승진시켰다. 동시에 장병 1만 5천의 관등을 일괄적으로 올렸다.

하지만 불행히도 그 직후 김훈·최질의 난이 일어났다. 고려는 심각한 내부 권력투쟁의 소용돌이에 휩싸이고 말았고, 약해진 거란군을 공격할 천금 같은 기회를 놓치고 말았다.

결국, 이 영향 때문인지 다음 해인 을묘년(1015), 호기롭게 거란을 공격한 고려군은 예상외로 패전했다. 이에 거란군은 다시 역공을 펼쳐 흥화진을 포위했지만, 고적여와 조익이 물리쳤다.

마침 고기백은 고적여의 먼 친척이었다. 고기백이 고개를 저으며 투덜거렸다.

"거란 놈들, 지겹지도 않나?"

"벌써 일진일퇴하는 게 팔 년째 아닌가?"

"지구전인 게야. 당연히 자원이 많은 놈들이니 자기들이 유리하다 생각하겠지."

양주 별장의 질문에 고기백이 혼잣말하듯 답했다.

"쩝, 이래서 땅은 넓고 봐야 하는 겁니다."

"거기다 송나라에선 매년 엄청난 세폐를 받잖아? 그것도 은과 비단으로."

"연운십육주에서 나는 농산물은 또 어떻고?"

"놈들이 한족한테 도움받아서 그렇게 승승장구하고 있다니까."

충주 별장이 코를 훔치며 말했다. 양주 별장이 말을 이었다.

"그나저나 지금 성상은 담력이 대단하셔. 그때 강동 팔주를 내놓으라는 거란 사신을 억류했으니 말야."

을묘년 9월, 현종이 거란 사신을 억류한 것에 열 받은 거란군은 4차로 침략해왔다. 이때 대장군 정신용이 7백 명을 사살했지만, 결국엔 거란군의 역습에 걸려 그를 비롯한 여러 장수가 전사하고 말았다. 요컨대, 거란군이 희생시킨 7백 기는 일종의 미끼였던 셈이다.

고기백이 충주 별장과 양주 별장을 번갈아 쳐다보며 말했다.

"그러니 유목민족이랑 싸울 땐 초반에 승리했다고 안심해선 안 됩니다."

"그러게. 경술년 때 강조 장군은 첫 전투 때 승리했다고 방심하다가 바로 역습당해 포로로 잡혔으니 말야."

강조는 경술년(1010) 정변을 일으켜, 목종을 폐하고 현왕인 현종을 세운 인물로 그 권력이 막강했다. 하지만 어렵게 잡은 권력을 제대로 써보지도 못하고 거란군에 패해 처형당하고 말았다. 이게 저 유명한 '삼수채 전투'로, 첫 전투 때 거란군을 이겼다고 방심했던 고려군이 본 전투에서 거의 궤멸당하다시피 한 고려 전쟁 사상 최악의 흑역사였다.

그때 문득 뭐가 생각난 듯 양주 별장이 고기백에게 물었다.

"참, 고 별장. 친척인 고적여 장군이 그 을묘년 때 전사했지? 그때도 거란군이 도망가는 척하다 우리 고려군을 역습해 큰 피해를 줬잖소?"

"네, 그렇지요."

고기백이 씁쓸한 표정으로 고개를 끄덕였다.

4차 침략 당시 통주에서 대장군 정신용을 죽인 거란군은 그대로 영주(舊 안북부)를 공격했지만, 이틀 만에 퇴각했다. 이때 고려군이 거란군을 뒤쫓아 갔는데, 너무 깊숙이 적진으로 들어가는 바람에 매복에 걸려 대장군 고적여, 장군 소충현 등 수많은 장병이 전사하고 말았다.

"그러니까 거란군을 추격할 땐 조심, 또 조심해야 합니다."

고기백이 진지한 표정으로 말했다. 충주 별장이 말을 이었다.

"병진년(1015) 오 차 침공 때도 정말 큰 피해를 봤지 않은가?"

"그렇다마다. 놈들이 그때 처음으로 곽주성을 점령했으니 말이야."

"하아, 그 치욕만 생각하면 지금도 이가 갈리는구먼."

양주, 충주 별장들 모두 병진년 때의 피해를 생각하며 분노를 터뜨렸다.

병진년 정월, 거란의 야율세랑과 소굴렬은 마침내 곽주성을 점령했고, 고려군 수만이 전사했다. 이때 고려는 절체절명의 위기에 빠졌는데, 하늘의 도움으로 야율세량이 갑자기 사망하면서 거란은 군을 물렸었다. 이때 현종은 더욱 강경책으로 나가, 거란 사신은 아예 국경조차 넘지 못했다. 거기다 고려는 송나라 연호를 채택하는데, 이는 송나라가 황하 유역에서 거란을 견제하도록 유도하기 위함이었다. 이로써 고려와 거란은 돌아올 수 없는 다리를 건넌 셈이 됐다.

열 받은 야율융서는 정사년(1017) 8월, 추밀사 소합탁을 도통으로 삼아 고려를 또다시 침공케 했다. 이때 거란군은 흥화진을 포위하고 9일간이나 공격했지만, 함락에 실패했다. 특히 수비대장인 견일과 홍광이 이끄는 고려군이 마지막 날에 성문을 열고 몰래 기습해 수많은 적을 도살했다. 소합탁은 이전 도통들처럼 눈물을 머금고 퇴각할 수밖에 없었다.

남은 주먹밥을 입에 쏙 넣으며 양주 별장이 충주 별장에게 물었다.

"그러니까 말야, 이봐. 아까 내가 맨 처음에 꺼낸 이야기로 돌아가서… 이번이 몇 차 침입이지?"

"육 차죠."

"칠 차지."

양주 별장의 물음에 고기백과 충주 별장이 거의 동시에 답했다. 양주 별장이 웃으며 말했다.

"허허, 이거 봐. 다들 답이 다르잖아."

"가만, 다시 세 볼게."

충주 별장이 손가락을 접어가며 계산을 다시했다. 그를 본 고기백이 머리를 긁적이며 답했다.

"하하, 어떤 건 침략 규모가 너무 작아서 침략으로 볼지 헷갈리니까요."

그때 뭔가를 발견한 충주 별장이 고기백을 보며 고갯짓했다. 고개를 돌린 고기백은 먼발치에서 서성이는 대수혁을 발견했다. 양주 별장이 고기백을 보며 물었다.

"근데, 그때 왜 싸운 거야?"

"쩝, 저 녀석이 술에 취해 내 부하한테 시비를 걸었잖습니까."

고기백이 밥맛 떨어진다는 듯, 고개를 저으며 답했다. 그는 대수혁을 바라보며 중얼거렸다.

"녀석, 저따위로 살 거면 소연 낭자는 왜 데려간 건가?"

고기백의 입에서 '소연 낭자'라는 이름이 튀어나왔다. 3년 전 대수혁과 결혼했지만, 지금은 고인이 된 소연 낭자. 고기백은 그녀가 처녀일 때 한참이나 연모했었다. 하지만 사람의 인생이란 게 얼마나 기구한 것인가? 출정 전, 서부 연병장에서 대수혁과 다투었던 것도 평소 그에 대한 억하심정이 있었기 때문이리라.

밥맛을 잃은 고기백은 게슴츠레한 눈으로 대수혁을 바라볼 뿐이었다. 이를 본 양주 별장이 분위기를 바꾸려고 다른 말을 하며 자리에서 일어났다.

"자, 다 먹었으면 다들 일어나지. 얼른 자야 내일 또 행군할 거 아닌가."

"어, 응? 그러지."

충주 별장도 짐짓 눈치를 보며 일어났다. 고기백이 양주 별장을 한번 쳐다보고선 자리에서 일어났다.

"네, 알겠습니다."

벌써 어두컴컴해진 숲속 깊은 곳에서 올빼미 소리가 들려왔다.

⁂

며칠 뒤인 12월 2일, 흥화진.

강감찬이 이끄는 고려군 본대는 안주에 도착한 직후, 다시 강동 8주 최북단인 흥화진에 도착했다. 안주에 절반 이상의 부대를 남겨 놓고 이곳까지 데려온 병사 수는 7만 남짓.

흥화진은 남서쪽의 야산이 성벽처럼 방어해주고, 북·남·서는 삼교천이라는 강으로 둘러싸인 천연의 요새였다.

"드디어 도착했구나."

강감찬이 긴 숨을 내쉬며 이마의 땀을 닦았다.

강감찬은 먼저 지난 거란의 2차 침입 때, 적에게 막대한 피해를 주고 순국한 양규와 1,500 결사대를 위해 공양을 드렸다. 당시 양규는 도순검사로서 흥화진을 철벽 방어했을 뿐만 아니라, 거란군이 개경을 향해 남하했을 때 불시에 곽주를 수복해 적의 후방을 끊었다. 그의 활약 덕분에 거란군은 개경을 함락하고도 어쩔 수 없이 퇴각해야 했다. 양규는 퇴각하는 거란군을 또 기습해 큰 타격을 줬고, 백성 3만 명을 구출했다. 막판에 워낙 중과부적의 병력 차이로 전사하고 말았지만, 그의 영웅적인 활약상은 오늘날까지도 회자되고 있다.

강감찬은 강민첨과 조원을 비롯해 수많은 병사 앞에서 조문을 읽어 내려갔다.

"조국을 위해 목숨 바치신 순국선열들이여, 부처님의 은혜를 받으소서."

강감찬의 뒤에 늘어선 병사들은 모두 비장한 표정으로 공양 의식을 지켜봤다.

그날 저녁, 상원수 막사.

순국선열들의 보살핌 덕분인지, 공양을 마친 후부터 거란군 동향이 속속 전해져왔다. 거란군에 심어놓은 세작들이 정보를 보내온 것이다.

"상원수 각하, 놈들이 흥화진을 동쪽으로 우회할 계획이라고 합니다."

"각하, 거란군이 다섯 개 부대로 나누어 남하할 것이라 합니다."

거란과 고려 사이에는 여전히 발해 잔존 세력과 여진 부족이 산재해있었다. 그들 중 어떤 이는 거란을 위해, 어떤 이는 고려를 위해 일하고 있었다. 계축년(1013)부터 지속해서 거란의 공격을 받아

온 고려는 그동안 꾸준히 발해와 여진 출신 세작들을 거란군에 침투시켜 놓은 터였다. 거란 출신이면서도 부족 간 알력 다툼 때문에 소외된 자들이 지원해왔다. 그 성과가 빛을 발하는 것일까? 오늘 같은 경우, 거란족 출신의 왕수라는 자는 거란이 흥화진을 우회할 거라는 천금 같은 정보와 함께 투항해왔다. 공성 병기를 안 가져온다는 게 그 좋은 증거였다.

"알겠다. 수고했네. 다들."

세작들의 보고를 받은 강감찬이 고개를 끄덕였다. 정보를 종합해보니 소배압은 이번에 흥화진을 치지 않고 바로 남하할 모양이었다.

"놈들이 해안 길이 아닌 내륙 길을 택한 모양이군."

한반도 북부 지역은 거란 기병들에겐 진군하기 까다롭기로 악명 높았다. 크고 작은 산악지형이 계속해서 이어지기 때문이다. 따라서 거란군이 개경으로 남진할 때 선택할 수 있는 길은 딱 두 가지밖에 없었다.

첫 번째는 '해안 길'이라는 진군로. 흥화진–통주–곽주–안주–서경–평산–개경으로 이어지는 길이다.

두 번째는 '내륙 길'이라는 진군로. 흥화진–귀주–태주–개주–강동–평산–개경으로 이어지는 길이다.

"이 녀석들…. 머릴 쓰는구먼."

강감찬이 탁자 위의 지도를 보며 중얼거렸다.

8년 전 야율융서가 친정을 한 2차 침공 때는 해안 길을 따라 개경까지 쾌속으로 진군했었다. 이때 걸린 시간은 불과 33일 남짓. 그것도 중간에 흥화진 전투, 삼수채 전투 등 최소 여섯 번 이상의 전투를 치르면서 온 것이다. 엄청 빠른 속도라고밖에 할 수 없다.

그런데 이번에는 내륙 길을 따라 남하하려는 모양이다. 아예 성 공격은 안 할 심산인 게다.

평소 강감찬은 자신이 용장이나 맹장은 될 수 없으니, 최고의 지장이 돼야 한다고 믿고 있었다. 키가 작고 왜소한 탓이었다. 거기다 어릴 때 마마를 두 번이나 앓아 얼굴이 곰보였다. 평소에도 학문에만 신경 쓰다 보니 옷차림이나 재산 축적 같은 것엔 관심도 없었다.

애초에 무신 출신이 아닌 문신 출신이라 무예가 출중하다거나, 숱한 전장을 경험한 백전노장과는 거리가 멀었다.

거기다 과거도 장원급제했다고는 하나 다른 이들에 비해선 엄청 늦은 35세에 합격했다. 고려 시대의 장원급제자들 평균 나이가 23세인 것에 비하면 늦어도 너무 늦은 출사였다.

그래서 속물들은 그를 무시하였으나, 사실 강감찬은 전형적인 외유내강의 인물로 누구보다 강인한 정신력을 가지고 있었다. 그는 자신의 신념을 지키기 위해선 죽는 것도 두려워하지 않았다. 일단 그것이 장수로서의 가장 큰 장점이었다.

거기다 강감찬은 전장에서의 경험은 일천했지만, 각종 병법에는 통달해있었다. 따라서 그는 계략과 허허실실에 집중하는 작전을 짜기로 마음먹었다. 최고의 지장이 되기 위해 선택과 집중을 하기로 한 것이다.

그렇게 지장이 되기로 결심한 그가 이번 전쟁에서 선택한 비법은 크게 두 가지였다. 첫 번째는 수십 년간에 걸쳐 적진에 침투시킨 세작들을 활용하는 것, 두 번째는 그러한 세작들로부터 얻은 정보를 바탕으로 각 주요 지점에 전령을 배치하고, 이들을 유기적으로 활용하는 것이었다. 마침 성종 대부터 이곳 북계에도 행정력이 확대되고 있어, 봉화대도 늘릴 수 있었다.

그래서 그는 올해 5월에 서경유수 겸 내사시랑평장사로 임명되자마자 이를 위한 밑 작업에 온 힘을 기울여왔다. 이미 소배압이 겨울에 침공해올 거라는 소문은 파다했다. 거란은 가을이 되면 각지에 흩어진 말들을 한곳에 모아 사들이거나 징발하는데, 올해는 특히 그 수가 많았던 터다.

이런저런 생각을 하던 그때, 뭔가 강감찬의 뇌리를 스치고 지나갔다. '그래, 이거다!'라는 듯 강감찬의 눈에 광채가 어렸다. 그는 급히 옆에 있던 부관에게 물었다.

"송 부관, 흥화진에 우물이 몇 개인가?"

"네, 열 개이옵니다. 각하."

"그래?"

부관의 말을 들은 강감찬이 지도를 내려다봤다. 흥화진을 뱀처럼 감싸고 흐르는 삼교천. 그 상류에는 저수지가 있었다.

강감찬의 입꼬리가 올라갔다. 그는 즉시 부관을 향해 말했다.

"장수들을 집합시키게. 지금 당장."

잠시 후, 십수 명의 장수들이 막사로 모였다. 강감찬이 장수들에게 말했다.

"어서들 오게. 며칠 내로 거란군이 압수(압록강)를 건널 테니 그에 대한 회의를 하고자 불렀네."

"네, 알겠습니다."

장수들은 모두 회의 탁자에 앉아 지도를 보며 강감찬의 설명을 들었다. 첩자들이 보내오는 각종 정보를 통해 이번에 거란군이 공성 병기를 가지고 오지 않는다는 걸 알게 된 장수들은 각자 자신들의 생각을 말하기 시작했다.

그렇게 반 각(1시간) 동안 치열한 갑론을박이 계속됐다. 장수들의 의견을 다 들은 강감찬이 입을 뗐다.

"자, 다들 고맙네. 그대들의 고견을 잘 들었네."

장수들은 강감찬이 어떤 결정을 내릴지 궁금해하며 그를 예의 주시했다. 강감찬이 탁자 위의 커다란 지도 속 흥화진과 압수, 삼교천 등을 가리키며 설명을 시작했다.

"지금까지 상황을 보면 거란은 이번에 개경까지 직공할 가능성이 가장 크네. 지난 2차 침략 때처럼 말일세."

장수들 모두 입을 굳게 다문 채 고개를 끄덕였다. 잠시 후, 강감찬이 무겁게 입을 뗐다.

"그래서 말인데… 이번 1차 공략 땐 수공을 사용할까 하네."

"수, 수공… 말입니까?"

강감찬의 계략을 들은 장수들이 '수공'이란 말을 되뇌며 놀라워했다. 보통 수공은 공성전을 할 때 쓰는 전법으로 기동력이 강한 거란군에게는 통하지 않을 거로 생각했기 때문이었다. 조원이 걱정스러운 듯 강감찬에게 물었다.

"각하, 한겨울입니다. 수공이라니 당치도 않습니다!"

"거기다 거란군의 속도와 진로, 도하 일정을 모두 알아야 하는데 가능하겠습니까?"

"가능하네."

강감찬이 미소 지으며 답했다.

"지금 백두산맥과 용강산, 천산 일대에는 하루에도 몇십 명씩 귀부해 오는 여진족… 아니 옛 발해인이나 정안국 사람들이 있네. 그들을 요소요소에 배치해 거란군의 동태를 살피게 한 후, 기민한 연락망을 구축하면 적들의 진로를 손바닥 들여다보듯 알 수 있다네."

그랬다. 강감찬의 말처럼 옛 발해 지역은 아직도 거란의 힘이 미치지 못했다. 거란이 이 지역에 대해 대대적 공세를 해온 건 송나라와의 전투에서 이겨 남쪽 국경을 어느 정도 탄탄히 한 기묘년(979) 이후에나 가능했다. 그래서 발해의 후신인 정안국을 병술년(986)에야 멸망시킬 수 있었던 것이다. 또 다른 발해의 계승국가인 올야국은 여전히 옛 상경용천부를 근거지로 끈질기게 거란을 괴롭히고 있다. 요컨대 고려와 거란의 국경 사이에는 반 거란세력이 바글거리고 있는 셈이다.

강감찬이 결연한 표정으로 장수들을 쳐다보며 말을 이었다.

"고로 이번엔 첩보와 매복이 핵심이 될 걸세. 그 첫 번째가 이번 전투. 흥화진 동쪽의 삼교천을 막은 다음, 놈들이 강을 건널 때 개문하는 작전일세."

"한겨울이라 강이 얼어붙었습니다. 각하."

여전히 수공에 대해 부정적인 장수 한 명이 토를 달았다. 순간, 강감찬이 벼락같이 외쳤다.

"안 되면 되게 하라!"

단호한 강감찬의 태도에 반대 의견을 말한 장수는 그만 얼어붙었다. 강감찬은 그를 무시한 채 지휘봉으로 지도 속 삼교천을 짚었다.

"마침 삼교천 동북쪽에 큰 저수지가 있으니 그걸 이용하면 될 걸세. 먼저 장병들을 총동원해 얼음을 깨뜨리고 그다음엔 통나무와 굵은 밧줄을 꿴 쇠가죽으로 저수지에 일종의 제방을 만들게. 규모가 꽤 커서 한겨울이라도 완전히 얼진 않았을 걸세."

"음…."

장수들 대부분이 굳은 표정으로 지도만 뚫어지게 쳐다보고 있었다. 강감찬이 쐐기를 박는 말을 했다.

"다들 지난 삼수채 전투의 치욕은 잊지 않았겠지? 우리 군이 강성해졌다고는 하나, 아직 거란 기병과의 정면 승부는 시기상조일세. 거기다 20만 대군이라 하나, 전국 각지에서 급히 긁어모은 병사들…. 그들도 평상시엔 일개 농부일 뿐일세. 우린 적들이 개경까지 이르는 동안 최대한 후미 부대를 공격해 그 예봉을 꺾어야 하네. 그것만이 이번 전쟁에서 승리할 수 있는 유일한 방도일세!"

막사 안에 쩌렁쩌렁 울리는 강감찬의 말에 장수들은 다들 토를 달지 못했다. 사실 그의 말이 이치에 맞았고, 그나마 가장 가능성이 큰 계획이었으니까.

잠시 후, 강민첨과 조원을 필두로 장수들이 하나둘 강감찬의 전략을 받아들였다.

"네…. 알겠습니다."

"네, 각하."

고개를 끄덕이는 장수들을 보며 강감찬이 말을 이었다.

"사실 흥화진에는 우물이 10여 개나 있네. 수원이 풍부한 삼교천 상류의 큰 저수지 덕분이지. 따라서 적의 진로와 일정만 알면 승산은 우리에게 있네."

이것 말고도 강감찬으로선 나름 믿는 구석이 또 있었다.

고려군은 지난 8년간 거란군과 세 차례 이상 크고 작은 전투를 치렀기 때문에 거란군의 장단점을 잘 파악하고 있었다. 또한 그들의 전투 성향이나 무기 등을 철저히 파악하고 수용할 게 있으면 적극적으로 받아들였다.

그 결과, 오늘날의 강력한 고려 기병대가 탄생하게 되었다. 고려 기병대는 내몽골이나 요하지대 같은 광활한 평지에선 거란군에 미치지 못했으나, 복잡한 산악지형이 펼쳐진 한반도 북부나 다물(만주) 지역 같은 곳에선 거란군의 전투력 못지않았다.

"적들이 종으로 길게 늘어설 것이다. 선두가 어느 정도 건너고 난 다음, 마지막 후미 부대가 건너기 직전 둑을 터뜨린다. 그렇게 적이 우왕좌왕할 때 급습한다."

"네, 알겠습니다!"

강감찬은 용의주도했다. 동아시아 최강, 아니 당시로선 세계 최강인 거란 기병에 이기기 위해선 정공법이 아닌 묘책이 필요했다. 그리고 그가 생각해낸 묘책은 바로 적의 후미 부대부터 야금야금 없애나가는 것. 제아무리 10만 기병이라도 1만을 잃고, 또 1만을 잃고, 또 1만을 잃으면 결국 그 예봉이 꺾일 것이었다.

그때 작전 회의에 참여한 판관 김종현이 지도를 보며 질문해 왔다.

"관건은 적의 진로와 도하 시간을 정확히 아는 것이군요."

"그렇네. 압수 이북부터 이곳까지 쭉 척후를 배치해 수시로 보고하도록."

"네, 각하!"

"지난 이 차 침공 때는 자칭 사십만이라던 놈들이 이제 겨우 십만이라 이야기하지. 물론 당시 사십만도 허풍일 테지만, 이번 침공은 그때보다 숫자가 줄어든 게 확실하다."

강감찬의 말에 장수들이 고개를 끄덕였다. 강감찬이 말을 이었다.

"이 차 침공 이후 팔 년간이나 계속해서 침략했으니 놈들도 크게 지쳤다는 방증일세. 시간은 우리 편임을 명심하게."

"알겠습니다. 상원수 각하!"

"전군을 좌·중·우군으로 나눈다. 좌군은 제방을 담당하고, 중군과 우군은 매복하고 있다가 둑이 무너지면 적을 친다."

"강변 북쪽에는 어느 군이 매복해 있을까요?"

부원수 강민첨이 물어왔다. 강감찬이 지휘봉으로 지도를 짚어가며 답했다.

"우군은 강변 북쪽에 있다가 적의 후미를, 중군은 강변 남쪽에 있다가 적의 선두를 치도록. 뭐, 강 부원수와 조 시랑은 워낙 호흡이 잘 맞으니 걱정 안 해도 되겠지?"

"하하, 걱정하지 마십시오."

"여부가 있겠습니까."

강민첨과 조원이 서로를 보며 웃었다. 강감찬은 뒤이어 수공 이후의 작전 계획에 대해서도 설명했다.

"김 판관 이하 부장들은 백마산에 산골짜기에 기병 일만 이천을 숨기고 대기하도록 하라!"

"알겠습니다. 상원수!"

김종현이 비장한 목소리로 답하며 강감찬에게 군례를 행했다.

⁂

다음 날인 12월 3일, 흥화진 연병장.

하얀 눈밭이 아침 햇살을 받아 싱그럽게 반짝이고 있었다. 한겨울의 북녘땅은 춥고 메말랐지만, 정오의 태양은 잠시나마 온기를 느끼게 해주었다. 며칠 전 내린 눈이 군데군데 남아 있는 연병장에서 고려의 최정예 부대인 흥위위 소속 병사들이 구슬땀을 흘리며 훈련하고 있었다.

"이얍, 합!"

– 퍽, 퍽!

병사들은 각자 목검, 창, 방패 등을 들고 상대방과 대련했다. 다른 한쪽 편에선 또 다른 병사들이 상관의 지시에 따라 열심히 구르고, 달리고 있었다.

"읏차, 읏차!"

이번 전쟁은 그야말로 총력전이었다. 그래서 고려 전역에서 20

만이 넘는 대군을 긁어모았다. 하지만 20만이라고 해봐야, 무시무시한 거란군을 상대하기 위해 급하게 징병한 군사로 장비며 갑옷 등이 턱없이 부족했다. 이 당시 모든 군장은 군인이 직접 조달해야 했기 때문이다. 그러니 죽지 않으려면 열심히 무예를 닦을 수밖에 없었다.

대수혁 역시 열심히 수련했다. 칼을 안 잡은 지 꽤 되었기 때문에 감을 익혀야 했으니까. 목검으로 상대와 가상의 대결을 펼치는 수련, 실전에 나가기 전 반드시 거쳐야 하는 단계다.

"하아, 하아…."

대수혁은 땀이 범벅이 된 채 상대를 향해 쉴 새 없이 칼을 휘둘렀다.

– 퍽, 퍽!

목검을 휘두를수록 예전의 그 화려했던 무예 실력이 살아나는 듯했다. 하긴 아내가 죽은 후, 술독에 빠져 폐인 생활을 하기 전에는 고려 제일의 검사라고까지 불리던 그가 아니었던가!

대수혁은 다시 살아있다는 느낌이 들었다. 상대와 칼을 부딪칠 때마다 아들의 웃는 모습이 더욱 커져만 갔다.

'홍윤이에게 부끄럽지 않은 아빠가 돼야 하니까.'

거기에 더해 며칠 전 강감찬이 했던 말이 계속 귓가에 맴돌았다.

이번 전투에 열심히 임하면, 전투 후 자네 아버님의 명예 회복에 힘쓰도록 하겠네.

이 한마디가 대수혁을 변화시켰다. 이번 전투에서 공을 세워 아버지의 명예를 회복시킨다면, 훗날 홍윤이가 음서로 관직에 나가는

데도 큰 도움이 될 것이다.

'그러기 위해선 거란 놈들을 이겨야 한다. 그리고 거란 놈들을 이기기 위해선 강해져야 한다!'

대수혁은 있는 힘껏 칼을 휘두르고 또 휘둘렀다. 그때 강감찬이 했던 또 다른 말이 귓가에 어른거렸다.

자네는 대발해제국의 황손일세.

"으아아!"

순간, 대수혁은 고함을 지르며 상대를 향해 목검을 크게 내리쳤다.

"이얍!"

"큭!"

대련 상대는 칼을 놓치는 동시에 바닥에 엉덩방아를 찧었다.

"져, 졌네. 대 별장."

대수혁은 이마의 땀을 닦으며, 쓰러진 상대를 일으켜 세웠다.

"수고하셨습니다. 진 낭장님."

서로 예를 바친 후, 대수혁은 대련 장소를 빠져나왔다. 비치된 탁자 위의 물잔을 한 번 들이켰지만, 강감찬의 목소리는 귓속에서 더욱 커져만 갔다. 대발해제국의 황손… 대발해제국의 황손….

'후, 그동안 발해제국의 황손이란 걸 너무 오래 잊고 있었어.'

대수혁은 고개를 들어 하늘을 쳐다봤다.

태조 왕건 시절, 대수혁의 할아버지인 대광현은 수만의 무리를 이끌고 고려로 귀화했었다. 당시 발해가 거란에 멸망했다고는 해도, 수도인 상경용천부만 점령당한 것이지 나머지 영토는 온전한 상황이었다. 따라서 발해 고토에선 여전히 거란에 대한 항쟁이 거셌고, 그 결과 이 지역에 동단국이라는 괴뢰국을 세웠던 거란은 발해 멸망 후 불과 2년 만에 그 본거지를 다시 요양으로 후퇴시켜야 했다. 옛 발해 지역에는 연이어 후발해, 정안국, 올야 등이 세워져 발해 부흥 운동을 이끌었다. 거란에 대한 이러한 저항은 거의 100년에 걸쳐 이어지고 있다.

발해의 마지막 황제인 대인선으로부터 이어지는 핏줄… 태자 대광현과 대도수를 이어 자신에게 이어지는 그 핏줄은 떨칠 수 없는 숙명이었다.

'그래, 피할 수 없다면 받아들이자. 대발해의 황손이라는 숙명… 그것이 나의 숙명이다!'

옛날의 그 감정, 그 열정적이었던 감정이 서서히 살아나는 듯했다. 대수혁의 가슴은 뜨겁게 달아올랐다.

사실 발해계는 고려에 귀화한 후 누구보다 열심히 싸워왔다. 아버지 대도수뿐만 아니라, 2차 침략 당시 곽주성 전투에서 분사한 대회덕 장군도 종실이다. 그 외에도 얼마나 많은 발해 유민들이 거란과의 싸움에서 죽어갔던가!

하지만 나라에 대한 헌신에 비해 발해 유민들이 받는 보상은 상대적으로 보잘것없었다. 이들은 주로 서경파나 무신파와 연결되어 있었는데, 각각 개경파와 문신파에 의해 견제를 받고 있었기 때문이다. 거기다 3년 전, 무신파인 김훈·최질이 처형당하면서 발해계는 급속히 위축되고 말았다. 대수혁은 발해계의 지도자로서 이 난국을 타개할 책무가 있었다.

'그 첫걸음이 바로 아버지에 대한 명예 회복이 될 것이다.'

대수혁은 훈련하는 병사들을 바라보며 이를 꽉 깨물었다.

'이번 전투에서 반드시 공을 세우리라!'

전공만이 자신의 권위와 지위를 높여줄 수 있다. 대수혁은 이번 전투에서 활약해, 실추된 아버지의 명예를 꼭 회복시키고야 말겠다고 다짐했다. 그것이 고인이 된 아버지와 아내, 그리고 앞으로 살아갈 아들을 위한 길이었으니까.

그때 병사들이 연병장에 나와 나팔을 불며 소리쳤다.

"모두 집합하시오. 삼교천 저수지로 갑니다!"

⁂

한 시진(2시간) 뒤, 저수지에 도착한 병사들의 입이 쩍 벌어졌다.

"이, 이게 뭐야?"

"이 얼음을 다 깨야 한다고?"

강가 주위로 얼음이 두껍게 얼어있었다. 덕분에 삼교천 자체는 여름보다 수량이 1/3로 줄어든 상황. 그때 말을 탄 장수가 둑 위로 올라와 병사들에게 명령을 내렸다.

"이제부터 자네들은 공병이 된다. 다들 곡괭이와 삽을 들고 둑을 개조하도록."

"얼음을 부숴라!"

"쇠가죽을 연결하라!"

몇 겹으로 겹친 쇠가죽 여러 장을 기다란 동아줄로 연결해 일종의 간이 둑 역할을 하도록 만들 요량이었다.

그 명령에 따라 일부는 둑 개조 공사에 들어갔고, 일부는 쇠가죽 제방을 만들었다. 일단 수많은 쇠가죽을 구하는 일이며, 그걸 꿰는 일 자체가 엄청난 중노동이었다.

"쩝, 젠장."

병사들은 씁쓸한 표정을 지은 채, 기존의 둑을 조금씩 헐면서 쇠가죽 막이를 설치하기 시작했다. 그렇게 저수지의 둑을 보강하고 쇠가죽으로 막는 대공사는 밤낮으로 계속됐다.

6.
삼교천 전투

12월 9일, 압록강 북안의 거란군 진영.

귀가 떨어져 나갈 만큼 추운 날씨였다. 말에 올라탄 소배압이 강 건너편을 바라봤다. 강물은 꽁꽁 얼어, 건너는 데는 문제 없을 것이다. 오늘을 위해 지난 몇 년간 얼마나 고생하며 부교를 설치했던가!

'좋다. 이번 원정, 반드시 승리한다!'

동경요양부에서 천산과 용강산을 너머 다하를 따라 무사히 넘어왔다. 이게 다 궁장령 산신 덕분이라는 생각에 자신감이 빵빵해진 소배압이 하얀 입김을 내뿜으며 중얼거렸다.

"흥, 고려 놈들이 감히 카라키타이를 무시한단 말인지?"

"본때를 보여줘야 합니다."

옆에 있던 소허열도 한마디 거들었다. 소배압이 고개를 끄덕였다.

"암, 그렇고말고."

소배압은 자기에 대한 자부심도 대단했지만, 조국인 카라키타이에 대해선 더 큰 자부심이 있었다. 당연히 그럴 만도 했다. 거란, 즉 카라키타이는 송나라부터도 조공을 받는 동방의 최강국이었으니까.

카라키타이는 그 시작부터 남달랐다. 건국한 지 20년도 채 안 되어 발해를 멸망시키더니, 그 10년 후에는 연운 16주라는 하북의 알토란 같은 땅을 차지했다. 후당의 역적 석경당이 황위를 찬탈하고 후진(後晉)을 세울 때, 군사 원조를 해주는 대가로 얻은 것이었다. 그리고 이게 결정적이었다.

이후부터 거란은 주체할 수 없을 정도의 부와 인구를 가지게 됐다. 특히 이 지역에 살던 수많은 한족이 거란에 합류해 그들의 꾀주머니 역할을 해 세력 확장에 큰 보탬이 됐다. 이번 원정만 해도 엄청난 수의 한족이 속국군 소속으로 참전한 터였다.

물론 북부의 한족들도 사실 그 선대를 따라가면 선비, 동호, 흉노 등과 연결되기 때문에 이들을 한족이라고 칭하는 게 조금 애매하긴 하다. 어찌 됐든, 이 지역의 소위 '한족'들이 거란족에 대해 큰 거부감을 갖지 않은 게 중요한 점이다. 애초에 남북조시대 때 하북 지방을 통일한 북위가 선비족 중 탁발 씨이며, 그 뒤를 이은 수·당의 황실도 이 선비 계열의 후손이었으니까.

요컨대, 진짜 한족은 5호 16국과 남북조시대의 대혼란 때 장강 유역으로 밀려났고, 원래 북방 민족이었던 흉노, 선비, 동호족들이 한족화한 것이다. 따라서 거란이 하북 지역의 이른바 '한족'들을 다스리는 데 큰 무리는 없었다. 오히려 거란은 장자 세습제나 과거제도, 농경기술 등을 적극적으로 받아들여 자신들의 대제국을 건설하는데 적극적으로 활용했다.

물론 거란의 지배층은 막북(고비사막) 부근에서 유목·수렵을 하는 거란족과 막남(내몽골 남부 및 장성 이남) 부근에서 농경하는 한족을 효과적으로 다스리기 위해 이원적 체제로 그들을 통치하는 걸 잊지 않았다.

거기다 송나라와 '전연의 맹'까지 맺은 이후부터는 매년 엄청난 세폐까지 받고 있다. 어차피 북위나 수, 당도 북방 민족이 세운 왕조다. 거란이라고 장성 이남의 저 광활한 대륙을 차지하지 말라는 법이 없다. 거기다 지금의 송나라는 '수내허외'(守內虛外, 국방은 적당히 하되, 내부 반란은 철저히 막음)를 외교 기치로 삼고 있어서 역대 가장 약체인 왕조. 그들만 멸망시킨다면, 그러니까 수도인 개봉만 함락시킨다면 저 당나라와 같은 대제국을 만드는 것도 꿈은 아니리라! 물론 옛날 후진 때 개봉을 잠깐 함락한 적도 있지만, 그땐 워낙 한족들이 격렬하게 저항해 물러나야 했다.

하지만 이젠 다르다. 만일 이번에 고려를 완전히 복속시킨 후, 다시 송을 공격하면 이번에는 꼭 개봉을 함락할 수 있으리라.

거란의 카간인 야율융서는 이렇게 생각하고 있었고, 소배압 역시 그 뜻에 동조한 것이다.

그런데 이런 원대한 포부를 가진 대거란제국 앞에서 저 코딱지만한 고려가 깝죽대고 있다. 한 줌도 안 되는 군사력으로 말이다.

소배압은 고려 놈들의 버르장머리를 단단히 고쳐놓겠다고 다짐했다.

“녀석들 같잖아서…. 내 카라키타이를 무시한 죗값을 톡톡히 치르게 해주마!”

“천운군과 우피실군이 있으니 걱정하지 마십시오, 백부님.”

옆에서 계속 비위를 맞추는 소허열을 한번 흘낏 보며, 소배압이 말을 이었다.

“그렇지. 이번엔 아예 공성 병기도 안 갖고 왔잖은가? 그러니 우피실군의 역할이 더욱 중요해. 무조건, 무조건 속도전임을 명심하라.”

“네, 백부님!”

이번에 속도전을 택한 거란군은 운제나 충차, 투석기 같은 공성 병기는 일체 갖고 오지 않았다. 소허열은 그게 좀 마음에 걸렸지만, 원정 초반부터 초치는 말은 하기 싫어 입 밖에 내진 않고 있었다. 살짝 근심 어린 소허열의 마음이 얼굴에 나타났는지, 소배압이 크게 웃으며 그를 다독였다.

“왜? 공성 무기를 안 갖고 와서 찝찝한가, 조카? 하하하, 하지만 걱정 마라. 이번 전쟁은 반드시 승리할 것이다. 궁장령의 신께 푸른 소와 백마를 잡아 제사 드리지 않았더냐? 산신께서 우릴 지켜주시리라.”

“그, 그렇지요. 후후.”

속마음을 들킨 것 같아 멋쩍어진 소허열이 웃으며 호응했다. 소배압은 마침내 손을 뻗어 명령을 내렸다.

“전군, 도하하라!”

“도하하라!”

소배압의 명령에 따라 10만 거란 기병이 일제히 압록강에 설치된 부교를 건넜다. 이 부교는 지난 갑인년에 설치된 것이었다. 강이 얼어붙지 않은 때라도 언제든지 고려를 침공하기 위해서 말이다. 하지만 아직 완전히 설치되진 않아서 강 중앙에 있는 하중도(河中島)들을 거쳐야 했다.

10만 대군이 강을 건너는 풍경은 장관이었다. 인마가 뿜어내는 입김이 얼어붙은 강물 위로 피어올랐다.

“이랴, 이랴!”

– 이히힝.

가끔 얼지 않은 곳도 건너야 했는데 어찌나 물이 찬지, 말 못 하는 말들도 연신 구시렁거리듯 투레질을 해댔다.

그렇게 해서 다음 날 새벽, 10만의 거란군이 강을 건넜다.

⁂

12월 11일, 정오. 흥화진 동쪽 10리(4㎞) 삼교천.

고려군 좌·우·중군은 삼교천을 따라 곳곳에 매복해 있었다. 척후와 세작들로부터 오늘 거란군이 삼교천을 건널 거라는 정보를 입수했기 때문이다. 강감찬은 이미 어제 거란군이 압록강을 건넌 걸 알고 있었다.

“모두 조용히 하고 매복하라 일러라. 모든 건 적시에 달려있다.”

“네, 각하.”

강감찬의 추상과 같은 엄명에 모든 장병이 숨죽이고 삼교천과 백마산 주변에 숨어서 적의 진로를 관찰하고 있었다.

한 시진 후, 거란군 중 선봉대 1만 기가 삼교천 앞에 다다랐다. 거란군 선봉대장은 얼어붙은 강의 얼음 두께를 살펴본 후, 병사들에게 명령했다.

"충분히 두껍다. 강을 건너라!"

"알겠습니다!"

그렇게 해서 1만의 거란 기병이 강을 건너기 시작했다. 뒤이어 소배압이 있는 본대도 합류해 강을 건넜다.

삼교천 상류에 있는 백마산 산 중턱에 숨어있던 척후들이 이 광경을 지켜보고 있었다.

"적이 건넌다. 장군께 빨리 알려라!"

"예!"

척후가 본영에 수기(手旗)를 흔들었다.

저수지 쪽 강감찬이 있는 본영.

장수들이 백마산 산꼭대기에서 흔들어 대는 수기를 봤다. 이는 즉각 강감찬과 강민첨에게 보고됐다.

"상원수 각하, 적들이 강을 건너는 모양입니다."

"좋다. 적들의 8할이 건널 때까지 기다리라 일러라."

"네!"

그렇게 거란군의 긴 행렬이 강을 건넜다. 그리고 대부분의 부대가 도하하고, 마지막 후미 부대가 건너려는 찰나, 강감찬이 손을 내리며 명령을 내렸다.

"지금이다. 좌군, 둑을 무너뜨려라!"

"좌군, 둑을 무너뜨려라!"

– 푸화아아악!

강감찬의 명령에 따라 병사들이 쇠가죽을 풀었다. 그러자 그야말로 봇물이 터져 나왔다. 상류의 물이 물보라를 일으키며 하류 쪽을 덮쳤다.

추운 겨울 날씨라 행군 속도가 느려진 거란군은 갑자기 들이닥친 물 폭탄에 혼비백산했다.

"으헉, 이게 뭐야!"

"으아악!"

수많은 거란 병사들이 갑자기 들이닥친 급류에 그대로 휩쓸려버렸다. 함께 쓸려온 나무토막이며 얼음덩어리에 맞아 그대로 절명한 거란 병사도 부지기수였다. 가까스로 반대쪽 강변으로 넘어간 거란 병사들조차도 우왕좌왕하고 있었다.

산 중턱에서 이를 바라보고 있던 김종현이 이를 놓치지 않았다. 그는 칼을 뽑아 들고 병사들에게 외쳤다.

"지금이다. 팔우노(쇠뇌의 일종)를 쏴라!"

– 슈슈슈슉!

백마산 중턱에서 갑자기 수많은 화살이 날아올랐다. 화살들은 한순간 하늘을 까맣게 메우더니, 순식간에 거란군 머리 위로 쇄도했다. 강변의 거란군은 갑작스러운 공격에 대혼란에 빠졌다.

"크헉, 뭐야!"

"매복, 매복이다!"

순식간에 앞 열의 거란 병사들이 쓰러졌다. 주인을 잃은 말들이 미친 듯이 울어댔다.

– 이히히힝!

이때를 놓치지 않고, 김종현이 크게 외쳤다.

"전군, 돌진하라!"

"돌진하라!"

– 두두두두!

수많은 고려 기병이 그대로 산 아래로 내달렸다. 산 중턱에서 거대한 눈의 폭풍이 일었다. 고려 기병대는 가속도가 붙은 상태로 거란 병사들을 덮쳤다.

– 푸슉, 푸슉!

고려 기병대는 발 닿는 대로, 손닿는 대로 적들을 베고, 자르고, 짓밟았다. 공중에 피가 흩뿌려졌다. 거란군은 손 쓸 틈도 없이 말안장에서 그대로 땅바닥에 떨어졌다.

"크아악!"

"아악!"

대수혁과 고기백도 엄청난 속력으로 내려와, 말발굽으로 적들의 머리를 으깼다.

"이얍!"

"크아아악!"

곳곳에 터진 뇌수와 끊어진 허리와 잘린 팔다리가 날아다녔다. 피의 향연. 이건 전투라기보단 차라리 도축에 가까웠다.

하지만 적들의 저항도 만만찮았다. 가까스로 강을 건넌 거란군들은 필사적으로 진로를 확보하려 했다.

"고려 놈들을 모두 죽여라!"

"길을 뚫어라. 우아아아!"

거란군의 거센 반격에 고려군 선봉대도 적지 않은 피해를 봤다. 하지만 이에 물러설 고려군이 아니었다. 강감찬 이하 장수들의 명령에 따라 함성을 지르며 삼교천 북안에서 물밀듯이 적을 밀어붙였다.

"이야아압, 침략자들을 물리쳐라!"

고려군의 강한 기세에 미처 강을 건너지 못하고 강기슭으로 되돌아오던 거란군이 희생양이 됐다. 그들은 대부분 목이 날아갔다.

"이야압!"

대수혁 또한 칼을 휘두르고 또 휘둘렀다. 칼의 궤적에 걸린 적의 몸통들이 잘려나갔다.

8년 전 그날, 피눈물을 흘리시던 아버지가 기억났다.

대수혁은 망나니가 칼을 부리듯 왼쪽, 오른쪽으로 연달아 칼을 휘저었다. 뒤이어, 2년 전 곽주성 전투에서 사망한 아내의 얼굴이 떠올랐다.

그렇게 온몸이 피와 땀과 진흙탕으로 범벅이 된 그때, 저편에서 고기백의 모습이 눈에 띄었다. 녀석은 적들에게 막 포위되려 하고 있었다. 고기백의 좌우 양측에서 언월도를 든 거란 기병이 달려든 것이다.

"으아악!"

고기백이 소리 질렀다. 말은 울부짖으며 앞발을 들었다.

– 이히잉!

그 충격에 고기백은 그만 말에서 떨어지고 말았다.

"어이쿠!"

가슴과 복부에 엄청난 고통을 느꼈다. 고기백은 기를 쓰고 일어나려 했지만, 정신이 혼미했다. 순간, 앞쪽에서 도끼를 든 거란 병사가 뛰어오는 게 보였다.

"으하하, 죽어라!"

거란 병사가 고기백의 정수리를 향해 도끼를 쳐들었다. 고기백의 동공이 커졌다.

– 피슈웅!

그 순간, 뒤에서 화살이 거친 파공음을 내며 날아왔다. 화살은 그대로 거란 병사의 목을 꿰뚫었다.

"크헉!"

거란 병사는 외마디 비명과 함께 그대로 고꾸라졌다. 그 아래에 덮인 꼴이 된 고기백이 놀라 얼른 시체를 치웠다. 시체는 여전히 온기를 머금고 있었다.

"하아, 하아…."

고기백은 거친 숨을 몰아쉬며 뒤쪽을 바라봤다. 대수혁이 보였다.

'저 녀석이 날 구한 건가?'

속으로 그런 생각을 할 때쯤, 대수혁이 그대로 튀어나오며 적들을 베었다. 그는 아직도 누워있는 고기백에게 소리쳤다.

"언제까지 누워있을 셈이냐?"

추상과도 같은 외침에 고기백이 당황하며 일어섰다.

"어, 어. 알았어."

고기백이 칼자루를 다시 쥐었고, 두 사람은 함께 주위의 거란 병사들을 베기 시작했다.

"이얍!"

"크흑!"

거란 병사들이 추풍낙엽처럼 쓰러져 갔다.

반 각 후, 삼교천 남쪽 강변에서 흘러내린 피가 강을 붉게 물들였다. 삼교천은 곧 시뻘건 피가 흐르는 죽음의 강이 되었다.

이 전투로 무려 1만 명의 거란군이 전사했다. 거란으로선 초반부터 큰 타격을 입은 반면, 고려로선 멋지게 서전을 장식한 것이었다.

***

반 각 후, 삼교천 전장.

고려 병사들이 계곡을 뒤지며, 전사한 거란 병사들의 소지품과 군장, 무기 등을 챙겼다. 살아남은 말과 낙타도 수거했다.

다들 열심히 물품을 챙기는 와중에, 고기백이 대수혁을 발견했다. 그는 멋쩍어하며 대수혁에게 다가왔다.

"오늘 일은 고마웠다."

죽은 거란 병사의 말을 끌고 오던 대수혁이 고기백을 한번 힐끗 보고선 답했다.

"명줄은 길구나."

고기백은 피식 웃은 뒤, 며칠 전 일을 사과했다.

"그때 너한테 험한 말 했던 거 사과하마. 내가 모자란 놈이라 그랬다. 너희 아버님이 그러셨을 리가 없다는 걸 누구보다 잘 알고 있다."

고기백의 고백에 대수혁은 크게 심호흡 한 후 말했다.

"특별히 고마워할 건 없다. 고려 병사 한 명이라도 살려야 나도 사는 거니까."

대수혁이 대수롭지 않게 말했다. 고기백이 손을 내밀며 말했다.

"다음엔 내가 널 구해주마."

"훗, 그런 날이 올까?"

대수혁이 웃으며 고기백의 손을 맞잡았다. 고기백이 되물었다.

"용서해주는 거냐?"

대수혁이 살짝 미소를 지었다.

⁂

다음 날, 홍화진 연병장.

병사들을 집합시킨 후 고기백이 고백을 시작했다.

"내 너희들에게 할 말이 있다."

대부분 발해 2, 3세인 홍위위 병사들이 고기백을 빤히 쳐다봤다. 고기백은 깊은숨을 한 번 들이쉰 후, 거침없는 큰 소리로 말했다.

"대수혁의 아버지 대도수 장군은 항복하지 않았다! 장군께선 최후까지 싸우고 장렬히 전사하셨다. 그런데 거란 놈들이 일부러 항복했다는 거짓 소문을 퍼뜨린 것이다!"

"…."

병사들은 서로 눈치를 보며 상황을 살폈다. 하지만 잠시 몇 명이 박수를 치자, 일제히 박수갈채를 보냈다.

"물론입니다. 대도수 장군이 항복했을 리 없습니다."

"거란 놈들의 농간에 놀아나면 안 됩니다!"

"와, 와!"

박수와 함성을 치는 병사들을 보며 고기백이 대수혁을 바라봤다. 대수혁이 고개를 숙이며 피식 웃었다.

고기백이 말을 이었다.

"발해는 내분 때문에 망했다. 그걸 반면교사 삼아 우린 뭉쳐야 한다. 알겠느냐?"

"예, 알겠습니다!"

병사들이 일제히 크게 외쳤다.

10대 선제(宣帝) 이후 발해는 치열한 권력다툼으로 인해 국력이 급격히 쇠퇴했다. 특히 마지막 황제 대인선이 즉위한 직후, 거란에게 요동반도를 빼앗긴 게 컸다. 이후 발해와 거란은 10여 년에 걸쳐 치열한 공방전을 벌였으나, 을유년(925) 9월, 거란이 서방 정벌에 성공하면서 무게추가 완전히 기울어져 버렸다. 급기야 다음 해인 병술년(926) 정월, 거란이 상경용천부를 점령함으로써 발해는 허무하게 멸망하고 말았다.

발해 유민은 끈질기게 저항했으나, 거란 제국은 너무나 강력했다. 100년이나 저항했지만, 결국은 실패했다. 한 번 나라를 잃으면 다시 찾는 게 이토록 어려운 것이다. 그러니 나라를 잃게 만든 그 '내분'이란 걸 조심, 또 조심해야 하는 것이다.

이 조그마한 사건 이후로 진영 내에는 고기백이 대수혁에게 사과한 일, 그리고 대수혁이 그 사과를 받아들인 일들이 병사들 사이에서 회자되었다.

출정 전, 고기백이 자기 아버지를 모욕해서 앙금이 있을 법도 한데, 전장에서 목숨을 구해준 대수혁의 영웅담, 그리고 그의 넓은 포용력 등에 대해 동료 병사들의 칭찬이 자자했다.

7.
다물

12월 12일 술시(밤 7~9시), 귀주 부근의 거란군 도통 막사.

막사 중앙의 화톳불이 타닥타닥 소리를 내며 타고 있었다. 방금 저녁을 마친 소배압은 전령의 보고를 듣는 중이었다.

"전하, 후미 부대가 삼교천에서 전멸했다고 합니다."

"흠, 전멸이라…. 그래, 고려군에 피해는 좀 입혔는가?"

"그게… 갑자기 수공을 펼치는 바람에 큰 피해는 못 줬답니다."

"그건 좀 실망이군. 꺼억~."

소배압은 술 한 잔을 들이켠 후 트림을 한 번 했다. 하지만 그는 따로 믿는 구석이 있었다. 흥화진 별동대는 고려군의 추격을 늦추기 위한 미끼일 뿐.

"뭐, 어쨌든 고려 놈들의 추격을 늦출 수 있었으니 소기의 목적은 달성했다."

소배압은 옆에 있는 부관을 향해 명령했다.

"개경까지 최대한 빨리 진군한다. 내일 아침 진시(오전 7~9시)에 출동한다고 전군에 하달하라."

"하오나 백부님. 그리되면 보급이 너무 힘들어집니다. 아무리 현지 보급을 한다고 해도 한계가 있습니다. 서경 정도는 함락해야 하지 않겠습니까?"

소배압의 추상같은 명령에 소허열이 제동을 걸었다. 소배압은 그런 그를 한번 힐끗 본 후 반박했다.

"이번 원정은 지난 2차 원정 때 작전을 그대로 쓰되 단지 속도만 신경 쓸 것이다. 성을 함락해봐야 쓸모없다는 걸 이미 수년간 경험했잖은가!"

"그, 그건 그렇지만…."

소배압의 단호한 대답에 소허열은 그저 입을 다문 채 고개만 숙일 뿐이었다. 실제로 거란군은 병진년 5차 침공 때 딱 한 번 곽주성을 점령했을 뿐이었다. 심지어 그 곽주성조차 점령한 지 며칠 안 되어 군을 물려야 했다. 소허열 자신도 5차 침공 때 참전했던 경험이 있기에 더는 토를 달 수 없었다.

꼬리를 내린 소허열을 보며 소배압이 다시 부관에게 명령했다.

"좋다. 그리고 군량이라면 걱정하지 마라. 우리 장기가 뭐냐? 그냥 약탈하면 그만이지."

거란군 병사들은 원래 원정 기간에 일종의 전투식량인 육포로 식사를 하고, 말젖 가루를 물에 타 마신다. 하지만 이제 싣고 온 군량은 다 소진되었으니, 지금부터 본격적인 약탈에 들어가야 한다.

"마을은 송두리째 불태우고, 수염이 난 남자는 모두 죽여라. 어린애들은 노비로 부려야 하니까 전부 포로로 잡고, 여자 또한 겁탈한 후 끌고 가라. 늙은것들은 어차피 짐만 되니 모두 죽여 버리고."

"알겠습니다. 전하!"

"우리의 무자비한 힘을 보여줘 아예 전의를 상실하도록 해야 한다. 알겠느냐? 아, 그리고 원탐난자군(척후 기병)을 미리 보내 적 상황을 살피도록."

"명 받들겠습니다!"

"좋다. 우리는 고려군을 피해 내륙 길을 이용한다! 철요군(선발대)을 보내 길을 터라. 녀석들을 따돌리려면 서둘러야 해!"

"네, 알겠습니다!"

"살아 움직이는 건 모조리 죽여라. 아예 고려 놈들의 씨를 말려 버릴 테다. 하하하!"

소배압은 오른손으로 이 사이에 낀 양고기를 끄집어낸 후, 다시 씹으며 말을 이었다.

"대 카간께서 내게 친히 전살검을 주셨다. 카간의 기대를 저버릴 수 없… 꺼억!"

아이락 주를 마셔 양쪽 뺨이 불그스레해진 소배압이 자신의 말을 완전히 끝맺지 못한 채 트림을 했다.

그렇게 삼교천에서의 패배에도 아랑곳없이 거란군은 거침없이 개경을 향해 내달렸다. 썩어도 준치라고 고려군을 피해 산악지대를 이용했음에도 거란군의 기동력은 상상을 초월했다.

거기다 워낙 대규모로 뭉쳐서 남하하다 보니 척후를 세워도 대응이 힘들었다. 연락하기 위해 소비되는 시간에다, 뭉쳐있는 거란의 대군과 일전을 벌이기엔 위험부담이 너무 컸기 때문이다.

바로 이러한 이유로 고려군은 거란군이 귀주, 위주, 연주를 거쳐 청천강을 건너는 걸 눈뜨고 지켜볼 수밖에 없었다.

그렇게 거란군은 내륙 길의 모든 마을을 초토화해 나갔다.

거란군은 세 명이 한 조로 구성된다. 즉, 전투를 담당하는 기병 한 명당 약탈과 군량 보급을 담당하는 타초곡기, 그 외 잡일을 하는 수영포가정이 붙어 전투력을 극대화한 것이다. 이들이 한 번 휩쓸고 간 자리엔 아무것도 남지 않을 정도로 무시무시했다.

특히 위주와 연주, 개주의 주민들이 큰 피해를 봤다. 이들은 성 주변 마을에 살던 사람으로 고려군의 보호를 받지 못한 채 거란군의 야만적 약탈에 무방비로 노출되어 있었다.

민가를 덮친 거란군들은 닥치는 대로 양식을 빼앗고, 마을을 불태웠다. 모든 여자는 겁탈하고 포로로 삼았으며, 모든 남자는 죽이거나 쓸만한 이들은 노예로 써먹기 위해 역시 포로로 잡았다.

"모두 죽여라!"

"꺄악, 안 돼!"

"크흑!"

거란군은 말 그대로 인두겁을 쓴 짐승들. 그들은 일말의 망설임도 없이 고려인들을 학살했다. 이 과정에서 수십 개의 마을이 불타버렸다.

"거, 거란군이 모든 걸 불태운다!"

"도, 도망쳐!"

거란군의 잔혹한 행위는 사람들의 입소문에 의해 더욱 확대 재생산 되었다. 공포심은 전염병처럼 빠르게 번져나갔다.

⁂

12월 15일, 흥화진 고려군 진영.

그나마 삼교천에서의 승리로 고려 병사들에게도 약간의 여유는 생겼다. 물론 조만간 또 다른 작전 명령이 하달되겠지만.

대수혁 역시 저녁 식사를 마친 후, 고기백과 술 한잔 걸칠 여유가 생겼다. 평시가 아닌 전시, 그리고 겨울철엔 불가피하게 음주가 허용되고 있었다.

"캬아~ 역시 추위를 녹이는 데는 술만 한 게 없다니까."

"그래. 이 맛에 전장에 나가는 거 아니겠나?"

대수혁의 추임새에 고기백도 맞장구를 치며 술잔을 들이켰다. 무 한 조각을 냉큼 삼킨 그가 대수혁에게 물었다.

"이름은 왜 수혁으로 바꾼 게냐?"

"응? 아… 아버님께서 쓰시던 수(秀)자가 좋아서 말이야."

대수혁은 원래 청호(淸湖)라는 호 하나뿐이었다. 하지만 아버지의 전사 이후, 당신의 함자에 들어있던 '수' 자를 꼭 집어넣고 싶었던 그는 호를 수혁으로 바꾸었더랬다.

"그리고 혁(革)은 거란 놈들 깨부수려고."

지금 거란은 자신들이 천명을 받았노라 이야기하고 있다. 그

걸 혁천명(革天命), 즉 혁명하기 위해 대수혁은 이런 호를 택한 것이다.

"흣, 거란 놈들만 멸망시킬 수 있으면 내 자네 수하도 하지."

고기백이 피식 웃으며 다시 술잔을 들이켰다.

그렇게 둘이 이런저런 이야기를 하다 보니, 어느새 밤이 깊었다.

"많이 원망했었냐?"

대수혁의 질문에 기백이 피식 웃었다.

"뭐, 원망 안 했다면 거짓말이겠지."

고기백은 한때 사모했던, 지금은 고인이 된 대수혁의 아내 소연을 떠올렸다.

"그 점은 내가 사과하마."

대수혁이 씁쓸한 듯 고개를 숙인 채 답했다. 아내를 지키지 못했다는 죄책감이 또다시 밀려왔다. 고기백은 분위기가 가라앉는 게 싫어 아들 이야기를 꺼냈다.

"그래, 아들 이름이 홍윤이라고 했던가?"

"알고 있었구나."

"뭐, 근황은 다 듣고 있으니까."

아들 이야기가 나오자, 대수혁의 눈빛이 밝아졌다.

"이번에 참전한 것도 아들 녀석 덕분이지."

앉아있던 대수혁이 벌떡 일어나 북녘의 땅을 바라봤다. 홍화진에서 보이는 압수 너머 북쪽으로 겹겹이 펼쳐진 하얀 산들이 보였다. 산들은 마치 호랑이가 웅크리고 누운 듯 영험한 기운을 뿜어내고 있었다.

"꿈에 집사람이 나왔거든."

대수혁의 말을 들은 고기백의 눈이 커졌다. 대수혁이 말을 이었다.

"다물을 잊지 말라고 하더라고. 홍윤이를 위해서라도 말이야."

대수혁의 아내도 발해 유민 출신. 대수혁은 틈만 나면 다물 땅을 바라보던 아내의 그 눈빛을 잊을 수 없었다.

"읏차."

고기백도 일어나 대수혁 옆에 섰다. 북쪽의 산들이 한눈에 들어왔다. 대수혁이 고기백에게 말했다.

"만일 내가 다물을 수복 못 하면 내 아들이, 또 내 아들이 수복 못 하면 내 아들의 아들이 수복하도록 해야지."

고기백이 동북쪽을 바라보며 고개를 끄덕였다.

"암, 그래야지."

지금 고려의 서북쪽은 거란이라는 강대국이 있어 다물 수복은 당장은 힘들 것이다. 하지만 동북의 묘향산맥과 개마고원 일대에는 아직 정안국의 잔존 세력이 끈질기게 저항하고 있다. 그들과 힘을 합쳐 거란을 협공한다면, 언젠가 기회가 올 것이다.

"후우…."

대수혁이 크게 심호흡을 했다. 왠지 모르게 가슴이 벅차올랐다. 그런 그를 보며 고기백이 고개를 끄덕였다. 미소를 살짝 머금은 채. 하늘이 그윽하게 두 사람을 내려다보고 있었다.

그때 막사 쪽에서 북소리가 들려왔다.

"좌·중·우군 모두 집합하시오! 병력 이동이 있을 것이외다!"

"정용부대와 보병부대 일부는 남쪽으로 이진할 것이오!"

⁂

12월 17일 진시(오전 7~9시), 청천강 북안.

고려군의 봉쇄망을 피한 거란군이 드디어 청천강에 도착했다. 소배압이 누런 이를 드러내며 크게 웃었다.

"하하하, 드디어 두 번째 강에 왔구나!"

연주 일대의 청천강은 건너기에 아주 적당히 얼어붙어 있었다.

"수고했다. 자, 모두 도강하라!"

"도강하라!"

소배압의 명령에 따라 9만의 거란 기병이 일제히 청천강을 건넜다. 그렇게 해서 이날 저녁쯤에는 모든 거란 기병이 청천강 남안에 도달할 수 있었다.

"옳거니, 마침내 두 번째 강을 건넜노라!"

소배압은 입이 찢어질 듯 크게 웃은 후, 부하들을 보며 말했다.

"어떠냐? 나의 작전이. 삼교천에서 죽은 1만 때문에 우리가 지금 편히 강을 넘는 게야."

"탁월하십니다. 과연 삼교천에서 아군을 희생시킨 결과가 드디어 나오는군요."

"하하하, 그렇지. 놈들이 우리 후미 부대를 공격하느라 정작 본대를 놓쳤으니 말이다."

소배압의 웃음소리가 개주(現 개천시) 전체에 울려 퍼졌다. 그와 함께 극도의 공포감과 절망감이 북방 전역으로 퍼져나갔다.

거란군의 약탈 행위는 이날부터 더욱 잔혹해졌다. 민심은 크게 요동치기 시작했다.

⁂

12월 18일 진시(오전 7~9시), 안주의 고려군 상원수 막사.

삼교천에서 승리한 고려군 주력은 일부를 흥화진에 남겨둔 채, 다시 안주로 남하해 주둔하고 있었다.

강감찬이 군 수뇌부와 작전 회의를 하고 있었다. 그때, 전령이 허겁지겁 달려와 급보를 알렸다.

"상원수 각하, 거란군이 청천강을 건넜다 하옵니다!"

"뭐, 뭐라?"

강감찬은 매우 놀라며 의자에서 벌떡 일어났다. 그는 자신도 모르게 작게 중얼거렸다.

"하아, 이럴 수가… 우려하던 일이 벌어졌구나."

현재 고려군은 거의 전 병력을 강동 8주로 이동시킨 상황. 이런 와중에 거란군이 양동 작전과 기만 작전을 통해 벌써 청천강을 넘었다고 한다. 이렇게 되면 서경이 위험해지고, 그 이후에는 개경이 위험에 처한다. 강감찬은 미간을 찌푸리며 고민에 빠졌다.

'지난 2차 침략 때와 같은 참상은 피해야 한다.'

8년 전, 거란주 야율융서가 친정한 2차 침략 때, 거란군에 의해 8일간이나 유린당한 개경은 그야말로 죽음의 도시로 변했었다. 수많은 주민이 죽고, 황궁은 폐허가 되었다.

강감찬은 손자병법의 한 구절을 되뇌었다.

'兵者, 詭道也(전쟁이란 속이는 것이다).'

그렇다. 이쪽에서 속이려 한다면, 저쪽에서도 속일 것이다. 소배압은 만만찮은 장수. 지난 삼교천 승리가 고려군의 추격을 따돌리기 위한 미끼일 가능성이 컸다.

강감찬은 함께 있던 강민첨과 조원을 돌아보며 명령했다.

"강 부원수와 조 시랑은 지금 당장 남쪽으로 진격해 적을 막으시오!"

"알겠습니다."

전령의 보고를 듣고 함께 얼굴이 새하얘진 강민첨과 조원이 대답했다. 두 사람 모두 일의 긴박함을 잘 알고 있었다.

"이번 전쟁은 시간이 모든 걸 결정할 것이오. 적들보다 늦게 개경에 도착하면 모든 게 끝장이니 서둘러 출정하시오."

"알겠습니다. 말씀 주신 대로 반드시 서경 주변에서 적들을 요격하겠나이다."

"잘 부탁하오."

"명 받들겠습니다!"

강민첨과 조원이 군례를 바친 후, 막사를 나갔다.

이윽고 바깥에선 병사들을 소집하는 꽹과리 소리가 요란하게 울려 퍼졌다.

"집합, 집합! 남쪽으로 진군한다."

"병사들은 모이시오!"

그날 오후.

추격대에 배치된 대수혁과 고기백이 동료 별장들에게 작별 인사를 했다.

"다녀오겠습니다."

"전방, 잘 부탁드립니다."

안주에 남아있을 동료 별장들이 두 사람의 어깨를 두드리며 답했다.

"걱정 마."

"거란 놈들한테 본때를 보여줘."

"하하, 최소한 백 명 이상은 죽이고 오겠습니다."

"껄껄껄!"

잠시 후, 말 위에 올라탄 부원수 강민첨이 장병들을 바라보며 명령했다.

"이제부턴 진짜 속도전이다. 군대, 전속력으로 남진한다!"

"전속력으로 남진!"

- 두두두!

강민첨, 조원이 이끄는 추격대가 희뿌연 뭉게구름 먼지를 만들며 남쪽으로 향했다.

8.
흔들리는 개경 민심

12월 19일, 개경 황궁.

한 치 앞도 보이지 않는 어두운 밤, 호롱불 하나만이 왕의 침전을 힘겹게 밝히고 있었다.

'어떻게 할 것인가?'

자정이 지났건만, 고려의 왕 현종은 잠들지도 못한 채 고민에 빠져 있었다.

괴물의 아가리 속 만큼이나 어두운 이 밤은 사람의 마음을 참으로 고독하게, 참으로 왜소하게 만들었다. 특히 황궁은 송악산 바로 앞에 지어져 고목이 우거진 까닭에 한밤중에는 마치 산사에 있는 듯한, 그래서 마치 고독한 수행자가 된 듯한 느낌이었다.

'외롭다. 왕의 자리가 이토록 외로운 자리였던가!'

돌이켜보면, 태어나서 편안했던 적이 단 한 번도 없었던 것 같다. 애초에 부모님은 삼촌과 조카 사이. 거기다 어머니인 헌정왕후는 원래 5대 왕 경종의 왕비라, 왕이 붕어한 이후에도 정조를 지켜야 했건만 당신의 삼촌과 정분이 나 버렸다. 그래서 태어난 자식이 바로 현종 자신. 그 이름도 더러운 '불륜으로 태어난 자식'이란 뜻이다.

심지어 어머니께선 불초한 자신을 낳다 돌아가셨고, 아버지 왕욱(王郁)은 성종의 진노를 사 사주(사천)로 귀양을 가야만 했다. 결국 아버지는 그곳에서 한 많은 생을 마치셨다. 아무리 근친혼이 흔하던 당시 고려 왕실이라 해도, 선왕의 왕비와 종실 어른 간의 불륜은 허용할 수 없었던 것이다. 거기다 어머니의 오빠인 성종은 유교를 추앙하던 왕이 아니었던가!

그렇게 자신의 탄생으로 인해 부모님 모두 비명횡사하시고 말았다. 이 엄혹한 사실 때문에 현종은 어릴 때부터 자신이 저주받은 인생은 아닌지 의구심을 품어왔었다.

'난 태어나선 안 됐던 것인가?'

언제나 마음 한구석엔 이러한 자책감이 자리 잡고 있었다.

이모인 천추태후는 또 어떠했는가? 그녀는 현종이 장성할 때까지 틈만 나면 암살을 획책했다. 그야말로 기적적으로 살아남았지만, 이번에는 또 자신에게 호의적이었던 선왕 목종이 폐위되고 암살까지 당했다. 저 '강조의 정변' 때문에 말이다. 목종은 현종의 이종사촌 형인 동시에 5촌 조카로 종실에 남은 유일한 피붙이였다. 목종의 붕어로 이제 왕족은 오직 자신만이 남게 되었다. 태조 왕건의 염원과는 정반대로 완전히 쪼그라든 왕실이 된 것이다.

'외롭다. 이렇게 빈약한 왕실로는 아무것도 할 수 없다.'

강조 덕분에 어찌어찌 왕은 되었지만, 이번엔 또 강조가 거란군에 붙잡혀 참수당했다. 자신은 나주까지 몽진해야 했다. 거기다 고려는 아직 왕권이 미약한 탓에 몽진 당시 온갖 수모를 당해야 했다.

경기도 광주에 도착했을 때는 거란에 보냈던 사신이 붙잡혔다는 소식이 전해져, 호종하던 신하들 대부분이 도망쳤다. 양성현(경기도 안성시 양성면)에선 머물렀던 관아의 아전들이 하룻밤 새 도망쳤다. 장곡역(전북 완주군 이서면 은교리)에선 전주절도사 등에게 납치될 뻔했다. 기가 막힌 현실이었다.

가까스로 환궁한 이후부터는 또 거란이 거의 매년 침략해왔다. 4년 전에는 무신 '김훈·최질의 난'이 일어나 한동안 국정을 전횡했다. 이듬해 불가피하게 처단하긴 했지만, 그건 그것대로 또 뼈아픈 것이었다. 왜냐하면 김훈과 최질 모두 외침을 막았던 유능한 장수였기 때문이다.

올해는 또 제1 왕후인 원정왕후가 꽃다운 나이에 세상을 뜨고 말았다. 얼마나 허망하고 슬펐는지 모른다. 이렇듯 주변에서 일어나는 모든 상황이 불길하게 느껴졌다.

'아, 두렵다.'

현종의 솔직한 심정이었다.

내우외환, 누란지위, 위급존망지추.

이것이 바로 지금 그가 맞닥뜨린 현실인 것이다.

'포기해버릴까?'

한참을 고민하다가 문득 이런 생각이 들었다. 그동안 수없이 결기와 전의를 다져온 현종으로선 뜻밖의 당혹스러운 감정이었다.

포기하지 마시옵소서, 폐하!

순간, 강감찬이 그를 향해 부르짖던 모습이 떠올랐다.

'안 된다. 그럴 순 없어. 난 반드시 고려를 지켜야 한다.'

현종은 이내 고개를 저으며 마음을 다잡았다. 엊그제에는 고려군이 삼교천에서 거란군 1만을 섬멸했다는 낭보를 듣지 않았던가! 물론 곧바로 거란이 북방 지역을 파괴하고 있다는 소식을 들어 가슴이 찢어질 듯 아팠지만 말이다.

요컨대, 아무리 다짐한다고 해도 그가 마주한 현실이 너무나 버겁고, 너무나 고통스러운 건 어쩔 수 없는 현실이었다.

거기다 조정에는 현종의 항전 결정을 못마땅하게 여기는 모리배들도 많았다. 그들은 은밀히 도당을 만들어 시도 때도 없이 현종을 헐뜯어 댔다.

현왕이 하는 일이 어찌 저리 어린아이 같은지 모르겠소.

실제로 어린아이잖소? 정계에서 스물일곱이라면 아직 세상 물정도 모를 나이. 괜한 소영웅심에 빠져 고려 백성들을 걸고 전쟁놀이하는 게 아니고 무엇이겠소?

제 말이 그겁니다. 괜한 공명심에 멋모르고 까불다 송나라처럼 '전연의 맹'과 같은 조약이나 체결하지 않을까 심히 걱정되오이다.

그러니까요. 우리보다 열 배 이상 큰 송나라조차 '전연의 맹'을 맺었습니다. 우리나라가 저들을 이길 수 있다고 보십니까?

이렇듯 자기 한 몸 챙기는 데만 급급한 모리배들은 궁궐 속 은밀한 곳에 모여 사실상 역모에 가까운 모의를 하고 있었다. 다들 뱀의 눈초리를 하고서 말이다. 그들은 이번 전쟁에서 만약 고려가 진다면 언제든지 거란에 내부할 자들이었다.

'아, 충신의 수는 적고 모리배는 넘쳐나니….'

현종은 무척이나 외로웠다. 외로운 그는 불현듯 호롱불을 쳐다봤다.

'너도 홀로 이 어둠과 싸우고 있구나.'

현종은 쉴 새 없이 일렁이는 저 약한 호롱불이 마치 자기와도 같은 처지라는 생각이 들었다.

'너도 그 조그만 빛으로 어둠과 싸우려고 드니, 그 용기만큼은 참으로 가상하도다.'

한주먹도 안 되는 저 작은 호롱불이 이 침전이 완전한 암흑이 되는 것을 막고 있다. 마치 오늘날의 고려처럼 말이다.

거란은 발해를 멸망시켰고, 조복을 복속시켰으며, 송나라를 깨부쉈다. 이른바 '천하의 대국'이 된 것이다. 그런 상황에서 오로지 고려만이 거란에 대항하고 있다.

'고려마저 거란에 굴복한다면 온 천하가 야만족의 예속(禮俗)을 따라야 한다. 그것만큼은 막아야 한다.'

현종은 흔들리는 호롱불을 보며 가느다란 희망의 끈을 놓지 않고 있었다.

그때 침전 바깥에서 청아한 여인의 목소리가 들려왔다.

"폐하, 연경궁주* 이옵니다."

* 원성왕후는 이 해 둘째 아들 왕형을 낳아, 연경원주에서 연경궁주로 승급된다.

"오, 어서 드시오. 공주."

잠시 후, 침전 안으로 한 아름다운 여성이 들어왔다. 여신처럼 우아하고 품위 넘치는 그녀는 현종의 제3 비인 원성왕후 김 씨였다.

공주절도사인 김은부의 딸인 그녀는 성품이 온화하고 차분했지만, 때에 따라선 강인하고 과단성이 있는 여장부였다. 8년 전, 현종이 나주까지 몽진했다가 환궁하던 중 공주에 머물렀을 때, 아버지인 김은부의 명에 따라 왕에게 어의(御衣)를 선물한 인연으로 제3 비가 되었다.

그녀의 품에는 두 살배기 아기가 안겨 있었다.

"밤늦게 죄송해요. 흠이가 폐하를 뵙고 싶은지 깼답니다."

"하하, 괜찮소. 어이쿠. 자다가 깼구나, 흠아."

현종은 사랑스러운 눈으로 두 살배기 아들 흠(훗날의 덕종)의 이마를 쓰다듬었다. 아이는 현종을 보더니 배시시 웃으며 웅얼거렸다.

"아빠, 아빠."

"!"

그 순간, 어릴 적 유모에게 들었던 이야기가 떠올랐다. 지금의 흠이처럼 딱 두 살이었을 때, 그러니까 아버지 왕욱은 사천으로 귀양 가 있고 자신은 천애 고아가 되어 개경에서 혼자 남겨졌을 때의 일이라고 했다.

하루는 성종 대왕이 두 살배기 현종을 불렀는데, 이 꼬맹이가 성종을 보고 "아비, 아비"라며 따르더란다. '한낱 핏덩이에 불과한 아이가 얼마나 아버지가 보고 싶었으면 이럴까'라고 생각한 성종은 마침내 어린 현종을 아버지가 있는 사천으로 내려보내 주었다. 그렇게 현종은 아버지 왕욱과 잠시나마 함께 살 수 있게 되었더랬다. 비록 아버지가 3년 뒤에 돌아가셔서, 다시 개경으로 돌아와야 했지만 말이다.

'아… 부모님이 안 계신 내 인생은 얼마나 서글펐던가!'

왕이 되기 전에 겪었던 그 수많은 고난이 주마등처럼 스쳤다. 아니, 고난은 지금도 이어지고 있다. 만감이 교차했다.

현종은 촉촉해진 눈으로 아들을 바라보았다. 배시시 웃고 있는 아들의 얼굴을 보고 있자니, 가슴속 깊은 곳에서 큰 울림이 들려왔다.

'이 아이에게만큼은 자랑스런 아비가 되고 싶다!'

5개월 전에는 둘째 형이도 태어났다. 현종은 두 아들에게 '자랑스러운' 아비가 되고 싶었다. 그냥 아비가 돼선 안 된다. 자랑스러운 아비가 되어야 한다. 그러려면 자랑스러운 나라를 물려줘야 한다.

그때, 출정 전 수창궁 정원에서 강감찬이 했던 말이 떠올랐다.

폐하, 포기하지 마소서. 최악의 경우, 청야 작전이라도 해야 하옵니다!

"음, 최악의 경우… 그리고 청야 작전이라…."

현종은 자기도 모르게 신음하듯 강감찬의 말을 되뇌었다.

청야 작전은 몽진보다야 나았지만 그래도 엄청난 희생을 수반하는 것이었다. 현종의 눈앞으로 집과 땅을 잃고 울부짖는 백성들의 모습이 아른거렸다. 왕의 표정은 또다시 어두워졌다.

뒤이어, 강감찬의 또 다른 말이 귓가에 메아리쳤다.

만일 불가피하게 청야 작전을 해서 백성들이 큰 피해를 본다면, 그에 대한 보상을 가장 먼저 생각하셔야 합니다. 어차피 이번 전투에서 몽진은 불가능합니다. 폐하께서 두 번째로 몽진하시는 순간, 고려는 멸망할 것입니다.

그날 이후, 이 비루하면서도 비장한, 처참하면서도 솔직한 강감찬의 의견이 현종의 마음을 짓누르고 있었다. 누구나 알고 있지만, 아무도 하지 못했던 말, 두 번째 몽진은 고려의 멸망과 같다는 말. 현종은 그 누구보다도 이 냉혹한 현실을 알고 있었다.

현종은 눈을 감았다.

'항복해서 거란의 속국이 될 것인가. 아니면 싸워서 고려가 독립국임을 알릴 것인가!'

이 세상에 속국의 임금이 되고 싶은 왕은 없다. 하지만 저 거란 제국은 너무나 크고 강하다. 청야 작전을 써서 이긴다고 해도 고려의 피해는 막심할 것이다. 8년 전, 자기들을 버리고 도망친 왕이라며 자신을 원망하던 백성들이다. 이번에 청야 작전을 한다면, 과연 백성들이 받아들일 것인가? 민란이 일어나지는 않을 것인가?

현종은 그 짧은 시간 동안 수백 번도 더 고민에 고민을 거듭했다. 그리고 마침내 마음속 깊은 곳에서부터 청명한 목소리가 들려왔다.

'사랑하는 자식들에게 좋은 나라를 물려줘야 한다!'

순간, 현종은 눈을 떴다. 그는 원성왕후를 보며 비장하게 말했다.

"중전, 짐은 이 아이에게 좋은 나라를 물려주고 싶구려."

"폐하. 고려는 이미 좋은 나라지 않사옵니까?"

원성왕후가 큰 눈을 더욱 크게 뜨며 현종에게 물었다. 현종이 미소 지으며 고개를 저었다.

"후후, 아직은 부족하오. 내가 흠에게 물려줄 나라는 비루하지 않은 나라, 대국에도 당당히 할 말을 하는 나라요."

"송구하옵니다. 제가 폐하의 큰 뜻을 몰라보았나이다."

원성왕후가 부끄러운 듯 고개를 숙이며 답했다.

그랬다. 작지만 강한 나라. 대국에도 할 말을 할 수 있는 나라. 그런 나라가 바로 현종이 꿈꾸는 나라였고, 아들인 흠에게 물려줄 나라였다.

바로 그러한 이유로 그토록 역사서 편찬에 공을 들였는지도 모른다.

'한청(汗靑, 역사)을 잊은 족속에게 미래란 없다.'

역사의 중요성을 누구보다 익히 알고 있는 현종은 신해년(1011)에 몽진에서 돌아오자마자 불타버린 기록물을 복원하기 위해 《칠대실록》을 편찬했다.

백성을 잘 보듬어 주소서. 그리하면 폐하의 권위는 절로 오르고, 백성들 모두가 따를 것이옵니다. 용기를 잃지 마소서!

계속해서 강감찬이 했던 충언이 머릿속에 메아리쳤다.

마침내 현종은 깨달음을 얻었다. 그는 맑은 눈빛으로 왕후를 보며 말했다.

"8년 전의 짐은 햇병아리인 데다, 권력 기반이 약해 어쩔 수 없이 나주로 몽진해야 했소. 하지만 이젠 다르다오. 유능한 행정관들을 뽑아 지방에 파견했으니 말이오."

건국 초기, 고려는 왕권이 미약하고 지방 호족의 세력이 강해 애를 먹었다. 하지만 지난 100여 년에 걸쳐 조정은 온갖 역경을 뚫고 왕권 강화와 중앙집권을 이루어 나가는 중이었다.

역설적인 건 거란의 1차 침략이 고려 조정에 중앙집권을 강화할 계기를 줬다는 점이다. 외부의 침략이 있었기에 내부 결속이 필요했고, 그래서 지방 호족들로부터 사병을 폐하고 중앙에서 부병제를 시행할 명분을 제시했기 때문이다.

그리고 이 중앙집권의 첫 결과물이 바로 성종 대에 설치한 10도였다. 이는 신라 때의 9주 5소경보다 한층 발전된 형태였다.

하지만 10도 체제로는 북방에서 쇄도하는 거란과 여진의 침공을 방어하는 데 한계가 있었다. 심지어 임자년(1012)엔 여진족 해적들이 경상도의 영일만을 공격해오지 않았던가!

결국, 현종은 10도를 5도로 통폐합하고, 군사적 성격의 양계를 신설했다. 이것이 바로 유명한 '5도 양계'이다. 지난 8년간은 이 행정체계를 정착시키기 위한 사투의 시간이기도 했다.

이를 아는 왕후가 걱정스러운 듯 되물었다.

"지방에서의 반발이 심상찮다고 들었습니다."

"거쳐야 할 과정이오. 중앙집권을 해야 거란이라는 저 거대한 폭풍을 막을 수 있소."

현종은 비장한 표정으로 왕후에게 답했다.

중앙집권은 비단 현종뿐 아니라 모든 왕의 꿈이다. 그래서 현종이 택한 방법은 광군(光軍)의 장악! 원래 70여 년 전에 조직된 광군은 지방 호족의 관할하에 있었다. 하지만 2차 거란 침략을 계기로 현종은 그 지휘권을 중앙으로 이전하는 중이었다.

하지만 문제는 돈, 돈이었다. 새로운 행정구역을 구획하고 광군사를 파견해 광군을 관리하는 데는 막대한 재정이 필요했기 때문이다. 사실 갑인년에 김훈·최질의 난이 일어난 것도 따지고 보면 돈 문제 때문이었다.

그래서 현종이 생각한 대안은 육상이 아닌 해상을 통한 부의 획득이었다. 고려를 해상 강국으로 만들겠다는 원대한 포부인 것이다.

"이번에 거란을 물리치고 북방이 안정되면, 개성–벽란도–당진–나주를 잇는 바닷길을 더욱 강화할 계획이오."

"어머나, 멋진 계획이시옵니다. 폐하."

"그리하면 고려는 송과 왜, 남방국가들과도 무역하는 해상강국이 될 거요."

이 말과 함께 현종은 왕후를 와락 껴안았다. 그 고운 살갗의 향기가 감미로웠다. 순간, 어릴 적 아버지의 얼굴과 두 아들의 얼굴이 스쳐 지나갔다. 그리고 아… 어머니, 어머니의 따뜻하고 포근한 품이 느껴졌다.

현종이 왕후의 귓가에 속삭였다.

"짐은 노예로 살기보단 자유인으로 죽을 것이오."

*
**

12월 20일, 개경 황궁 편전.

북방에서 막 도착한 전령이 현종에게 아뢰었다.

"폐하, 거란군 본대가 청천강을 건너 전속력으로 개경으로 진군해오고 있사옵니다!"

"그래? 놈들은 지금 어디쯤이냐?"

"아무리 못해도 서경 부근에는 이르렀을 것입니다."

"흠…. 그렇다면 못해도 수일 내로 개경에 도착하겠구나."

현종은 굳은 표정으로 어좌의 팔걸이를 만지작거렸다. 며칠 전, 삼교천에서 거란군 1만을 섬멸했다는 소식을 들었을 땐 얼마나 기뻤는지 모른다. 하지만 놈들은 역시나 동양 최강의 군대… 1만 군사를 잃었음에도 마치 구우일모(九牛一毛)가 없어진 것처럼 신경도 안 쓴 채 그대로 남하하고 있다. 고려 백성들의 삶을 철저히 짓밟으면서 말이다.

"후…."

현종은 크게 심호흡했다. 심장이 빨라지고, 손이 벌벌 떨려왔다. 하지만 물러설 순 없다.

'이미 결단은 했다!'

어젯밤 아들의 얼굴을 본 뒤 마음을 정한 현종은 주먹을 꽉 쥐며 결기를 다졌다. 그리고선 벌떡 일어나 신하들에게 외쳤다.

"마침내 적들이 다가왔소. 이제 때가 온 것 같소이다. 다들 만전을 기하시오!"

"명 받들겠나이다. 성상 폐하!"

대소신료들 모두 고개를 숙이며 답했다. 이제 피할 수 없는 전쟁이 시작된 것이다.

현종은 먼저 태조의 관을 먼저 옮기라고 명령했다.

"태조대왕의 재궁(梓宮, 왕족의 시신을 넣던 관)을 부아산 향림사로 옮기도록 하시오!"

"알겠습니다. 폐하!"

이 시대에는 조종(祖宗)의 시신을 잘 보전하는 것 또한 현군으로서 해야 할 일이었다. 거기다 태조 왕건은 고려를 건국한 후, 후삼국을 통일한 입지전적 인물. 대신들과 장병, 백성들의 사기를 진작시키기 위해선 반드시 지켜야 하는 상징적인 존재였다.

그렇게 조정은 며칠 내로 태조 왕건의 관을 이장하기로 했다.

하지만 민심이 현종의 의도대로 흐르지는 않았다. 이제 개경의 군민들조차 비로소 전투가 성큼 다가온 것을 체감했기 때문에 극도의 공포심이 일어났던 것이다. 8년 전의 참화를 겪었던 사람들로선 당연한 반응이었다.

사람들은 삼삼오오 모여 시국에 대한 걱정을 늘어놓았다.

"어이쿠, 이거 피난 가야 하는 거 아닌가?"

"하지만 위에서 막고 있으니 그럴 수도 없고 말이지."

"췟, 이래 놓고 저번처럼 자기만 내빼면 어떡하지?"

"쉿, 말조심하게. 나라님 욕을 함부로 하다간 목이 날아가!"

"염병, 이래 죽으나 저래 죽으나 같은데, 그깟 욕 좀 하는 게 대수요?"

알게 모르게 현왕을 비방하는 목소리도 높아갔다. 민심은 아래서부터 크게 흔들리고 있었다.

현종은 기민하게 대처해야 했다.

9.
내구산 전투

12월 21일 사시(오전 9~11시), 자주 부근

강민첨이 이끄는 고려의 추격대는 남쪽을 향해 밤낮으로 말을 달렸다. 그 와중에도 척후들로부터 거란에 대한 정보가 속속 들어왔다.

"적들이 내일쯤, 자주의 내구산을 지날 거라고 합니다."

"소배압이 이끄는 본대는 좀 더 일찍 움직일 것입니다."

연이어 긴박한 보고를 받은 강민첨이 고개를 끄덕이며 답했다.

"음…. 예상보다 빠르군. 그래, 알겠다. 수고했네. 다들."

"네!"

척후들이 막사를 나갔다. 강민첨은 어떤 수를 쓰는 게 가장 좋을지 고민하느라 고민에 빠졌다. 그는 곧 부관을 보며 말했다.

"정 부관, 장수들을 모이게 하게."

잠시 후, 강민첨의 주재 하에 작전 회의가 열렸다. 강민첨이 북방 지역의 지도를 보며 장수들에게 설명했다.

"지금 적들은 여기까지 진군했네. 평균 70리의 행군 속도지."

"젠장, 산악지대인데도 엄청난 속도군요."

"아예 작정하고 개경으로 갈 요량이구먼요."

장수들이 너나 할 거 없이 한마디씩 하자, 강민첨이 고개를 끄덕이며 말했다.

"척후에 의하면 내일쯤 자주의 내구산에 도착한다네."

"그때 요격하실 생각입니까?"

"그렇다네. 그러니 빨리 움직여야 해."

강민첨이 지도 위에 그려진 내구산을 지휘봉으로 짚으며 말했다. 지도를 바라보는 장수들의 눈빛이 밝게 빛났다.

"알겠나? 내구산에 매복해 적을 기다린다."

"예, 알겠습니다!"

"조 시랑은 먼저 출동해 서경 부근에서 적들을 막으시오."

"네, 각하."

강민첨의 명령에 조원이 고개를 끄덕였다. 거란의 2차 침략 때 서경을 함께 지켜낸 두 사람은 이번에도 찰떡궁합을 보여줄 태세였다.

강민첨이 내구산을 전장으로 선택한 이유는 간단했다. 내구산은 고려군에게 익숙한 곳이었으니까. 반면, 거란군은 그들의 장점인 기병의 기동력을 살릴 수 없었다.

"우리는 익숙한 곳이지만, 적들은 장점을 발휘할 수 없는 곳….

역시 탁견입니다!"

"지난 팔 년간 우리 군도 단련됐습니다. 승산이 있다고 봅니다."

고위급 부장들이 다들 강민첨의 작진에 동의했다.

"다들 이해해줘서 고맙네. 자, 다들 빨리 움직이게."

"네!"

지난 몇 년간 고려군은 특히 기병을 집중적으로 육성했지만, 평야와 산악지대를 오갈 수 있도록 특화했다. 한반도와 요동반도 및 다물(만주) 남부의 지리적 특성 때문이었다. 사실 이번 6차 침공 이전, 3~5차에 걸쳐 거란이 침공해온 덕에, 역설적이게도 고려군은 강력해져 있었다.

강민첨이 장수들을 향해 외쳤다.

"전군, 출동 준비를 하라! 두 시진 후, 내구산으로 향할 것이다."

"알겠습니다. 부원수 각하!"

장수들이 모두 크게 외치며 강민첨의 명령을 받들었다.

***

곧바로 선봉대를 선발했다. 이 중에는 대수혁과 고기백도 있었다. 내구산을 지나는 거란군의 후방 부대를 기습하는 임무였다.

대수혁이 고기백에게 다가가 말했다.

"조심해라. 저번처럼 당하지 말고."

"걱정 붙들어 매. 이번엔 내가 널 구할 테니."

둘이 대화를 나누던 중에 조원이 대수혁과 고기백에게 다가와 물었다.

"자네들, 잘할 수 있지?"

"예, 맡겨만 주십시오."

"견마지로를 다 하겠습니다!"

"후후, 그 기개가 좋구먼!"

조원은 군기가 팍 들어 크게 외치는 둘의 어깨를 툭툭 치며 미소 지었다.

잠시 후, 출전에 앞서 강민첨이 병사들에게 훈시했다.

"거란 놈들이 내륙 길로 오면서 온갖 약탈에 살인을 저지르고 있다고 한다. 남자는 죽이고, 여자는 겁탈하고, 식량은 모조리 빼앗은 후 집은 불태워 버린다는군."

"우… 육시랄 놈들."

"잘근잘근 씹어 먹어도 시원찮을 녀석들."

강민첨의 말에 병사들이 치를 떨었다. 거란군에서 현지 보급을 담당하는 타초곡병의 악명은 이미 들은 바였지만, 막상 실제로 닥치니 이가 부딪히고 살이 떨리는 분노를 느낀 것이다.

전 부대원들이 분노와 복수심으로 가득 찼다고 판단한 강민첨이 팔을 들어 외쳤다.

"우리 부모 형제의 복수를 위해 저 야만족 놈들을 무찔러야 하지 않겠는가?"

"그렇습니다."

"우리 군의 승패에 고려의 운명이 달렸다. 전속력으로 적을 쫓을 것이다. 그대들은 나와 함께하겠는가!"

"함께하겠습니다!"

"좋다. 저 무도한 북적 놈들을 무찌르자!"

"와, 와!"

"성상 폐하 만세!"

"고려 만세!"

*
**

12월 22일, 자주의 내구산 산기슭.

아침부터 날리던 눈발이 더욱 거세지고 있었다. 고려군으로선 천운이었다. 거란군의 시야를 가릴 수 있으니까. 그렇게 고려군 본진은 산비탈 5부 능선에서 진을 친 채 눈을 맞고 있었다. 정예 기습부대는 양쪽 계곡에 매복해 있다가 적의 행렬이 8할쯤 지나칠 때, 그 종심을 끊는 임무를 맡았다.

강민첨이 하얀 입김을 내뿜으며 부관에게 명령했다.

"다들 숨죽이고 적이 지나가길 기다려라."

이윽고 내구산 앞에 펼쳐진 평원은 완전한 흰색 설원으로 변했다. 그때 북쪽에서부터 거란군의 말발굽 소리가 들려왔다.

– 두두두!

긴 행렬을 이룬 거란군 인마와 낙타 떼가 내구산 입구 쪽으로 다가왔다. 지축이 흔들렸고, 조용하던 내구산 주변은 순식간에 소란스러워졌다.

"추, 추(달려라)!"

거센 눈보라를 헤치며 질주하는 놈들의 눈빛은 가히 악귀처럼 보였다.

'기다려라. 기다려라….'

산 아래를 지나가는 거란군을 노려보는 강민첨의 손은 아직 펴지지 않았다. 그리고 마침내 적의 행렬 8할이 지날 즈음….

"지금이다. 수질구궁노를 발사하라!"

– 쉬쉬쉬식!

산 중턱 곳곳에서 강력한 쇠뇌의 화살들이 날아들었다. 앞서 오던 거란 기병 수십 기가 힘없이 픽픽 쓰러졌다.

"뭐, 뭐야…. 매복인가?"

거란군이 어리둥절하며 혼란에 빠졌다. 이를 본 강민첨이 들고 있던 팔을 내렸다. 그와 함께 각 봉우리와 능선에 배치되어 있던 병사들이 영기를 흔들었다.

"공격하라!"

"우와아아아!"

내구산 양쪽 계곡에 매복해 있던 기습 부대가 일제히 거란군 후방 부대를 향해 쏟아져 나왔다.

– 파파팟!

불의의 습격을 당한 거란군 장수가 크게 외쳤다.

"크헉, 고려 놈들이다. 어서 놈들을 막아라!"

거란 장수의 명령에 따라 거란군 후방 부대가 급히 방향을 틀어 방어 대형을 만들었다.

"으악, 어서 방원진형을 만들어라!"

"방원진형, 방원진형!"

방원진형은 병사들을 원형으로 포진시켜 방어력을 극대화한 진형. 하지만 거란군이 채 대오를 갖추기도 전에 고려군이 그 중앙을 뚫어버렸다. 좌우 양측에서 추행진을 쓴 것이다.

"침략자들을 응징하라!"

산기슭에서 대혼전이 벌어지자, 5부 능선의 강민첨이 마침내 총공격을 명령했다.

"전군, 돌진하라!"

"우와아아아!"

– 투콰콰콰!

산속에서 대규모 고려군 본대가 그대로 산기슭으로 내달렸다. 마치 우레가 친 듯 온 천지가 울렸고, 기마대의 속력은 위에서 내리꽂는 가속도 때문에 가히 폭발적이었다.

– 콰직!

"으아아악!"

고려군 주력은 마치 거대한 파도가 덮치듯 그대로 거란군 행렬을 쓸어버렸다. 거란군은 상상 이상의 충격파로 그대로 밀려나면서 휩쓸려 버렸다.

아비규환.

곳곳에서 잘려 나간 거란군 병사들의 머리며, 팔이며 다리가 튀어 올랐다. 피비린내, 비명, 울부짖는 말들과 낙타들. 내구산 앞 평원은 눈 깜짝할 사이에 지옥으로 변했다.

"섬멸하라! 한 놈도 살려 보내지 마라!"

고려 병사들은 난자했고, 거란 병사들은 피를 뿜으며 쓰러졌다. 새하얀 설원이 붉은빛으로 물들어 갔다.

"하아, 하아!"

기습 부대의 일원으로 전위를 맡은 대수혁과 고기백 역시 말안장 위에서 정신없이 칼을 휘둘렀다. 특히 대수혁은 마치 광인처럼 적들을 베고 잘랐다. 지난 2년간 감춰져 있던 거란에 대한 분노가 폭발한 탓이다.

머릿속에선 아버지의 마지막 모습이 계속 맴돌았다. 우물에서 꺼냈던, 퉁퉁 부은 아내의 시체를 부여잡고 울부짖던 기억도 새삼 떠올랐다.

한편, 대혼란에 빠진 거란군은 계속 우왕좌왕하고 있었다. 포위된 거란 장수가 부장에게 외쳤다.

"비탈길이라 움직이기가 어렵습니다!"

"빌어먹을!"

몽골지역에서 징발한 말들은 대초원에 익숙하지만 고려의 산악지형을 낯설어했다. 거기다 여기저기 튀는 붉은 피와 찢어지는 비명, 거대한 눈 먼지가 합쳐져 거란의 말과 낙타들을 흥분시켰다. 말과 낙타는 놀라서 앞다리를 들어 거란군을 떨어뜨리거나, 광란의 질주를 했다. 거란 기병대는 말을 통제하느라 아예 전투는 신경 쓰지도 못 한 채 제자리에서 뱅뱅 돌기만 했다. 이는 고려군에게 좋은 먹잇감이 되었다.

뒤이어 고려군 기병이 2차로 공격했다. 그나마 살아있던 거란 기병들의 목이 여기저기서 썰려 나갔다. 그렇게 해서 한 시진 만에 자주산 앞은 1만 거란군의 시체로 뒤덮이게 되었다.

⁂

그날 저녁, 내구산 남쪽 30리(12㎞) 지점.

미리 행군한 덕분에 고려군의 기습을 맞지 않은 거란군 선봉대와 본대가 전열을 재정비하고 있었다.

"전하, 또다시 1만을 잃었습니다."

"어찌합니까?"

소허열과 야율호덕이 소배압에게 물었다. 그의 얼굴은 완전히 일그러져 있었다.

"끄응…."

짧은 탄식을 내뱉은 소배압은 썩은 표정을 한 채, 소허열에게 명령했다.

"본대는 개경으로 향하되, 별동대는 후방에 남아 적의 추격을 늦추도록 하라."

"그리되면 공격할 병사 수가 줄어듭니다, 전하."

"상관없다. 일단 나이 많은 병사들과 부상병들 위주로 군을 꾸려서 보내라. 어차피 얼마 못 살 애들인데 희생양으로라도 써야지."

"음…. 아, 알겠습니다."

눈을 부라리는 소배압 앞에 소허열은 주눅이 들어 고개를 숙였다. 소배압은 팔자 주름을 지으며 중얼거렸다.

“놈들의 추격을 최대한 늦춰야 해.”

*
**

같은 시각, 고려군 부원수 막사.

강민첨이 조원을 비롯한 장수들에게 오늘의 공을 치하했다.

“수고했네. 덕분에 큰 승리를 거두었네.”

“이번엔 거란군이 좀 다릅니다. 예전에 우리가 추격할 땐 역습을 곧잘 했는데, 이번엔 그저 개경으로 가기만 하는군요.”

“개경 직공으로 전략이 바뀌어 그럴 걸세.”

강민첨이 탁자 위의 지도를 가리키며 말을 이었다.

“삼교천에서 1만, 이번 내구산에서 1만을 없앴지만, 아직도 적은 8만의 대군. 거기다 조금이라도 지체하면 개경이 위험하네. 다들 자신들의 의견을 말해보게.”

강민첨이 다음 작전을 위해 발제를 하자, 다들 한동안 갑론을박을 펼쳤다. 치열한 논쟁이 어느 정도 잦아들 즈음, 조원이 벌떡 일어나 강민첨에게 말했다.

“부원수님, 제가 한 말씀 올려도 되겠습니까?”

“음, 말해보게.”

강민첨이 조원을 보며 고개를 끄덕였다. 두 사람은 이미 예전에 서경을 함께 사수한 전적이 있어서, ‘척 하면 착 하는 사이’였다. 둘의 끈끈한 우애는 친형제보다도 진했다. 이러한 관계 덕분인지 조원은 자신 있게 강민첨에게 자신의 의견을 피력했다.

"적이 대동강을 거의 건널 때쯤, 부원수님 부대와 제 부대가 협공하는 게 좋겠습니다."

"음, 지난번 삼교천 전투 때처럼 말인가?"

"맞습니다."

"적에 비해 아군 병력이 너무 모자라지 않겠는가?"

"그건 맞습니다. 하지만 소배압이 전속력으로 개경으로 향할 거라는 건 이제 불문가지. 지금까지 후방의 성을 점령한 게 하나도 없지요. 즉, 저들은 지금 시간이 촉박한 겁니다. 그러니까…."

"우리가 후미를 쳐도 반격할 틈이 없다?"

강민첨이 의미심장한 미소를 지으며 조원의 말을 끊었다. 그 뜻을 알아차린 조원 역시 슬며시 웃으며 고개를 끄덕였다.

"맞습니다. 적의 병력 8할이 도강한 후, 저희가 협공한다면 병력차도 그리 크지 않습니다."

"음…."

강민첨은 지도를 유심히 쳐다보며 수염을 쓰다듬었다. 이윽고 결심한 그는 고개를 끄덕이며 장수들에게 말했다.

"알겠네. 조 시랑의 작전이 좋겠군. 적들이 대동강을 넘을 때 조 시랑의 군대와 함께 적의 후미를 협공한다!"

"알겠습니다. 부원수 각하!"

장수 일동이 고개를 숙이며 강민첨의 명령을 받들었다.

***

조원의 예상대로 거란군은 두 번에 걸쳐 큰 피해를 보았음에도 후퇴하지 않고 그대로 개경으로 가기로 했다. 소배압 입장에선 물러서는 것 자체가 패배였기 때문이다.

남쪽으로 향하는 소배압은 말 위에서 손톱을 잘근잘근 씹으며 생각했다.

'여기서 회군했다간 죽도 밥도 안 된다. 어떡해서든 최대한 빨리 개경까지 가서 거기서 승부를 봐야 한다!'

하지만 이즈음 거란군의 고생은 이만저만이 아니었다. 일단 한반도 북부의 겨울은 오히려 내몽골 지방보다 더 혹독했는데, 그 이유는 대륙에서 건너온 차가운 공기가 산속에 갇혀 빠져나가질 못했기 때문이다.

"으으, 추워…."

"이러다 개경에는 가 보지도 못하고 죽겠네."

한겨울 밤, 병사들은 다들 쪼그리고 앉아 이렇게 넋 나간 사람처럼 중얼거렸다. 얼어붙은 땅은 너무나 차가워 누워서 자는 것도 고역이라, 다들 앉아서 잤던 것이다.

거기다 몸에 걸친 겉옷엔 이와 벼룩이 들끓었다. 병사들의 고통은 이미 한계치를 넘고 있었다.

또한 거란군의 태반은 속국군이었다. 속국군은 여진, 몽골, 서해 등 거란이 정복한 지역의 속민들을 징집해 만든 군대. 따라서 충성심은 현저히 떨어졌다. 아니 오히려 거란군에 대한 적개심이 더했다. 당연히 탈영과 야반도주는 급격히 늘어날 수밖에 없었다.

거기다 산지 곳곳에서 정식 군대가 아닌 고려 의병의 공격까지 받았다. 살기 위해 고려의 백성들이 자체적으로 방비대를 조직해 치고 빠지는 전략으로 거란군을 괴롭힌 것이다.

하지만 소배압은 멈출 수 없었다. 따라서 그가 선택할 수 있는 전략은 오직 하나, 더욱 악랄한 약탈뿐이었다.

"진군 중에 마주치는 모든 고려 마을을 쑥대밭으로 만들어라!"

굶주림과 추위로 이성을 잃어버린 거란군은 마지막 남은 인간의 양심조차 포기한 채 고려 백성들에게 온갖 잔학 행위를 했다.

"아악, 살려줘!"

부모 앞에서 딸을 겁탈하거나, 어미 앞에서 아기를 죽이는 것도 예사. 그렇게 고려 백성들은 피를 토하며 죽어갔지만, 거란군은 오히려 이를 즐기며 살육을 계속했다.

"죽은 아군 2만에 대한 복수다!"

"너희를 안 지켜주는 고려 조정과 군대를 원망하라, 하하하!"

거란군이 지나가는 고려 북부의 모든 길에 시체가 쌓여 시뻘건 피의 강이 흘렀다.

10.
마탄 전투

12월 25일 진시(오전 7~9시), 조원의 막사.

적을 기습하기에 앞서 조원이 부하 장수들을 모아놓고 회의를 했다.

"좋다. 지금껏 2회에 걸친 공격을 가했고, 모두 성공했다. 이제 이번 공격만 성공하면 결정타다. 병력을 크게 잃은 적들은 더 이상 못 버티고, 퇴각할 수밖에 없을 것이다."

"하지만 조 시랑님. 마탄은 평지입니다. 8년 전, 지채문 장군도 이곳에서 적에게 패했습니다. 위험하지 않겠습니까?"

한 장수가 조원에게 반론을 제기했다. 조원은 고개를 끄덕이며 자신의 구상을 설명했다.

"물론 우리가 지금껏 평야에서 1만 이상의 거란군에게 이긴 적은 없다. 하지만 지금은 무엇보다 시간이 중요하다. 이번에 적을 놓치면 개경은 하루도 버틸 수 없다. 그리되면 고려는 멸망하겠지."

"고, 고려의 멸망…."

조원의 말에 장수들 모두 얼어붙었다. 가끔 들리는 침 삼키는 소리가 우레보다도 크게 들렸다. 조원이 장수들을 둘러보며 비장하게 말했다.

"고려가 없으면 우리도, 우리 자식도 없다. 그러니 죽을 각오로 싸워야 한다."

"죽을 각오… 말입니까?"

"그렇다. 다들 목숨 걸고 싸울 각오를 하라!"

조원의 추상같은 호령에 장수들이 굳은 표정으로 입술을 깨물었다. 한겨울임에도 불구하고 막사 안은 펄펄 끓는 열기로 뜨겁게 달아올랐다.

***

조원 부대는 필사적으로 거란군을 쫓았다. 산과 들을 가득 메운 기병대의 말발굽 소리가 천지를 뒤흔들었다.

"이랏, 핫!"

이번 전투에도 함께 참전한 대수혁과 고기백이 열심히 말을 몰았다.

잠시 후, 고려군은 서경 동부의 마탄 평야에 도달했다.

– 휘이잉~

매서운 바람이 살을 파고들었다. 눈 덮인 새하얀 벌판에는 아침부터 진눈깨비가 흩날렸다. 서경의 겨울은 마치 거란군처럼 길고도 끈질겼다.

그때 척후의 수기가 들어 올려졌다. 거란군이 나타난 것이다.

"놈들이 나타났다."

조원이 부하 장수들을 향해 속삭였다. 고려군은 숨을 죽인 채 적의 등장을 기다리고 있었다.

잠시 후, 거란군이 굉음을 내며 마탄 평야를 가로질렀다.

- 두두두!

거란군이 엄청난 눈보라를 일으키며 남쪽으로 질주했다. 선봉 부대가 지나고, 소배압의 본대가 지나고, 마지막 후방 부대가 지나갔다.

"지금이다. 일제사(一齊射)하라!"

- 쉬쉬쉬익!

조원의 명령에 맞춰 궁병들이 팔우노를 이용해 강력한 화살을 쏴댔다. 화살과 불화살들이 하늘을 까맣게 뒤덮었다. 이윽고 화살들은 곡률을 그리며 땅으로 향하더니, 마치 소나기가 쏟아지듯 일제히 거란군을 덮쳤다.

"으악, 매복이다!"

"아악!"

급작스러운 공격에 거란군 후방 부대가 크게 무너졌다. 후방 부대의 선두가 넘어지자, 뒤따르던 거란 기병들도 엎어지면서 뒤엉켰다. 거란군은 대혼란, 그야말로 아수라장 같은 상황에 빠졌다. 쏟아지는 화살을 막기 위해 방패를 틀어막으려 했지만, 수가 너무 많았다. 곳곳에 불화살의 불똥이 튀면서 몇몇은 화염에 휩싸였다.

조원이 목이 쉬도록 외쳤다.

"기병, 돌진하라!"

산기슭에 매복해 있던 고려군 기습대가 함성을 지르며 튀어나왔다.

"와아아!"

고려군은 노도와 같이 거란군을 향해 달려들었다. 때마침 바람이 불어와 기습대가 일으킨 눈 먼지가 적을 덮쳤다. 비릿하고 끈적끈적한 피 냄새, 땀 냄새와 함께. 거란군으로선 설상가상이었다. 한 치 앞도 보이지 않는 뿌연 공간 속에서 거란군은 비명만 질러댈 뿐이었다. 고려군은 그런 적들을 가차 없이 도륙했다.

"우리 부모 형제를 죽인 원수들이다."

"한 놈도 살려 보내지 마라!"

"와아!"

"크악!"

지난 8년 동안 거란군과 대적하며 전력을 키워온 고려 기병대였다. 그들은 어느새 동양 최강, 아니 세계 최강의 거란군과 필적할 만한 전투력을 가지고 있었다.

산 중앙에서 조원이 산기슭 쪽을 보며 병사들에게 외쳤다.

"단창부대 공격하라!"

"단창부대 공격!"

– 쉬익, 쉬익!

고려군이 거란 기병들을 향해 창을 던졌다. 수많은 거란 기병들이 가슴과 목을 맞고 피를 뿌리며 말에서 떨어졌다.

대살육전이 계속되었다.

두 시진 뒤, 마탄 평야에는 거란 기병 1만의 시체가 널브러져 있었다.

⁂

다음 날인 12월 26일, 마탄 남쪽 100리(40㎞)의 거란군 도통 막사.

소배압과 부하 장수들이 지도가 펼쳐진 탁자를 두고 회의를 하고 있었다. 하지만 분위기는 무겁게 가라앉아 있었다. 지난 며칠 사이, 연이어 패전 소식이 전해졌기 때문이었다.

자주에서 아군이 패했다고 합니다!

마탄에서도 패했다고 합니다!

전령들이 전해오는 소식에 소배압의 얼굴이 눈에 띄게 어두워져 있었다. 급기야 오늘은 아침부터 붉으락푸르락하더니, 회의 시간에는 아예 붉은 고추처럼 완전히 시뻘게져 있었다. 장수들은 그런 그를 보며 잔뜩 긴장하고 있었다. 주석에 앉은 소배압이 손으로 이마를 감싸며 혼잣말했다.

"하아, 생각보다 피해가 크군."

소배압은 자기도 모르게 금기어인 '피해가 크다'라고 말하고 말았다. 하지만 이내 모든 장수의 이목이 집중된 걸 알아차리곤, 몸을 세워 아무렇지 않은 듯 행동했다.

"아아, 아니야. 그냥 해본 말이고…. 이 정도 피해는 예상했었네."

하지만 이미 때는 늦었다. 딱 봐도 당황하는 소배압의 행동에 거란 장수들이 다들 심각한 표정을 지었다. '과연 저런 자에게 목숨을 맡길 수 있을까?'라거나, '이 원정, 제대로 끝낼 수나 있을까?'라는 표정이었다. 막사 안의 공기가 회의 참가자들을 무겁게 짓눌렀다.

소배압은 점차 초조해지기 시작했다. 하지만 그는 곧 마음을 추스르며 자기최면을 걸기 시작했다.

"괜찮다. 아직은 괜찮아!"

소배압은 괜찮다고 했지만, 현실은 전혀 괜찮지 않았다. 이번 피해까지 합치면 초기 10만 기병 중 무려 3만이 전사한 셈이 됐으니까. 개경에 도착하기도 전에 3할의 전력이 날아가버린 것이다. 이건 생각보다 너무 큰 손실이었다. 소배압은 마치 눈앞에 거란의 카간 야율융서가 나타나 자기를 목 조르는 것 같은 중압감을 느꼈다.

침을 꼴깍 삼키는 소배압 옆에 다가온 소허열이 걱정스러운 듯 물었다.

"백부님, 이거 군을 물려야 하는 게 아닙니까?"

조카의 말을 듣자마자 소배압은 눈을 부라리며 그를 쳐다봤다.

"경술년(1010) 공격 때를 잊었는가? 이번에는 최대한 빨리 개성을 함락한 다음, 바로 왕을 붙잡을 것이다. 그렇다면 지금까지의 손해를 만회할 수 있다!"

"끄응…."

똥고집도 이런 똥고집이 없었다. 소허렬은 기어코 개경 진격을 고집하는 소배압 앞에 꼬리를 내렸다.

다시 탁자 위 지도로 시선을 돌린 소배압이 탁자를 '쾅' 치며 크게 말했다.

"개경 앞에는 두 개의 산맥이 가로막고 있다. 시간이 없다. 빨리 산을 넘어야 해!"

"헉!"

소배압의 명령에 장수들 모두 숨이 턱 막히는 느낌이었다. 그가 말한 두 개의 산맥이란 언진산맥과 멸악산맥. 평소의 거란군 같으면 모르지만, 지금은 지쳤고 3만 아군이 사라져 사기도 너무 저하됐다. 소배압의 작전은 너무 무모해 보였다. 하지만 그의 지위가 '동평군왕'이라 또 토를 달 수도 없는 노릇. 장수들은 미치고 팔짝 뛸 노릇이었다.

설상가상 거란군은 군량 문제까지 압박받고 있었다. 약탈을 통한 현지조달을 한다고는 하지만, 이것도 한계는 명확했다. 이즈음에는 고려 백성들의 저항도 만만치 않았기 때문이다.

따라서 소허열을 비롯한 장수들이 소배압을 보며 아우성치는 것도 당연한 일이었다.

"전하, 지금 병사들이 먹을 게 없어 개고생하고 있습니다!"

"크흠…."

먹을 걸 달라고 재잘재잘하는 부하들을 보며 소배압은 '이놈들, 마치 먹이를 달라는 아기 새 같잖아?'라고 생각했다. 소배압은 손을 휘저으며, 장수들에게 답했다.

"정 먹을 게 없다면, 얼어붙은 강을 깨고 물고기를 잡아 먹어라!"

원래 척박한 막남(내몽골)의 시라무렌강 상류에 살던 거란족들은 먹을 게 부족했기 때문에 낚시해서 겨울을 나곤 했다. 소배압으로선 생각한답시고 한 말이지만, 이 대군을 감당할 물고기를 얻는다는 건 불가능, 말 그대로 연목구어(緣木求魚)였다.

한동안 입을 꾹 다물고 있던 야율호덕이 보다 못해 한마디했다.

"전하, 이 엄동설한에 7만의 병사들을 먹일 물고기를 구하는 건 불가능합니다!"

"그, 그래? 그러면 약탈하라고. 약탈을!"

소배압이 눈알을 이리저리 굴리며 답했다. 이번에는 발해상온 고청명이 싫은 소리를 했다.

"전하, 지금 산맥 두 개를 넘어야 하는데 이 두메산골에 민가가 있으면 얼마나 있겠습니까?"

"제기랄, 그럼 나보고 어쩌라는 거냐? 어쩔 수 없이 개경으로 최대한 빨리 갈 수밖에 없잖나 말이다."

"그, 그리 말씀하시면…"

"좋다. 그럼, 너희 말대로 지금 회군한다 치자. 너희 눈엔 저기 서경과 안주, 흥화진에 있는 고려 놈들이 안 보인단 말이냐?"

"…."

소배압의 이 한마디에 다들 입을 꾹 다물었다. 그저 이를 악문 채, 고개를 숙일 뿐.

"흠…."

소배압이 땅이 꺼지도록 한숨을 쉰 뒤, 장수들을 보며 타이르듯 말했다.

"내 그대들이 힘든 건 안다. 하지만 조금만 참아라. 이 잠깐의 고통만 참으면 개경을 함락하고, 그 왕순이란 놈을 붙잡을 수 있다. 그리되면 그대들 모두 공명을 얻고, 만대영화를 누리리라!"

"쩝…."

장수들은 서로 눈치를 보더니, 결국 대부분 내키지 않는 표정을 지으며 고개만 끄덕일 뿐이었다. 그런 부하들을 보며 소배압은 생각했다.

'일단은 허풍을 떨어서라도 이 개 같은 상황에서 벗어나야 한다. 제기랄, 빌어먹을!'

그러면서 의자 손잡이를 자꾸 만지작거렸다. 워낙 똥줄이 탔기 때문이리라.

***

같은 시각, 개경 황궁.

현종은 부하 장수들에게 명령했다.

"개경의 경계를 강화하라!"

현종은 개경성 주위에 수많은 거마창(창을 꽂은 목책)을 겹겹이 세우고, 함마갱을 파도록 명령을 내렸다. 어린아이 하나가 쏙 들어갈 정도의 깊이로 판 함마갱 안에는 죽창을 꽂아 거란군의 병사와 말이 달려올 경우 떨어져 죽도록 한 것이다.

"성벽 주위로 능철을 쫙 깔아라!"

능철은 네 방향의 뾰족한 못인데, 이게 또 거란 기병을 막는데 특

효약이다.

한편, 개경에는 이미 거란군이 근접해 올 경우, 청야 작전을 시행할 거라는 소문이 파다했다. 조정에선 일부러 불안을 조장하는 불순한 자들을 솎아낼 필요가 있었다.

거기다 이틀 뒤인 28일에는 민심을 더욱 안정시킬 필요가 있었기에 다음과 같은 위무 조치를 연이어 내렸다.

"유배형 이하의 죄인들은 모두 사면토록 하라!"

현종의 이 조치로 옥에 갇혀있던 죄수들의 8할이 풀려날 수 있었다. 이로써 고려 조정은 재정의 부담을 줄일 수 있게 됐고, 민간은 또 민간대로 향후 쇄도할 거란 기병에 대항할 인력들을 확보하게 된다.

공교롭게도 다음 날, 밤하늘에 혜성이 나타났다. 개경 성민들은 다들 하나둘씩 모여 수군거렸다.

"혜성이 나타났네?"

"이게 좋은 징조야, 나쁜 징조야?"

개경 성민들은 누구나 곧 거란군이 쳐들어올 거라는 걸 알았기 때문에 민심이 크게 동요했다. 현종은 이걸 막을 필요가 있었다. 왕은 은밀히 신녀를 불렀다. 동명황신을 모시는 신녀였다.

"오늘 혜성이 나타난 걸 아는가?"

"네, 폐하."

"난 그걸 백성들에게 우리가 승리할 거라는 징조로 삼고 싶네. 무슨 말인지 알겠는가?"

"여부가 있겠습니까…."

"좋네. 그럼, 내일 당장 의식을 행하고, 우리가 이길 거라는 계시를 받았다고 말하게."

"명 받들겠나이다. 폐하."

다음 날, 그러니까 무오년의 마지막 날인 12월 30일에 신녀가 천신 의식을 행했다. 개경 성민들이 모두 숨을 죽인 채, 그녀의 행위 하나하나를 예의주시했다. 약 반 각 동안의 천신 의식이 끝난 후, 신녀가 광장에 모인 백성들을 향해 엄숙히 선언했다.

"이번 전쟁은 고려의 승리로 끝날 것이다!"

신녀의 말에 개경 성민들이 모두 기도를 올리며 눈물을 흘렸다.

"오오, 동명황신이시여, 감사합니다!"

"부처님, 감사합니다. 나무아미타불!"

그리고 마침내 기미년 새해가 밝았다. 평소 같으면 신년회로 떠들썩할 개경 황도는 삼엄한 경비 속에 쥐 죽은 듯이 조용할 뿐이었다.

*
**

1월 2일, 안주의 고려 본대 상원수 막사.

강감찬은 전령으로부터 급보를 받았다.

"상원수 각하, 거란군이 그대로 개경으로 향했다고 합니다."

"하아, 끈질긴 놈들…. 곧바로 개경을 칠 모양이구나."

강감찬의 미간이 좁혀졌다. 그동안 3차에 걸쳐 3만이나 되는 거란군을 죽였다. 그런데 녀석들은 포기하지 않고 그대로 개경을 직공한단다. 거란군이 끈질기다는 것도 알고, 그들이 전장에서 인간보단 야수에 가깝다는 것도 익히 알고 있었다. 하지만 이런 상황에서조차 개경 직공이라니… 정말 이 정도까지일 줄은 몰랐다.

강감찬은 고개를 설레설레 저은 후, 전령을 보며 말했다.

"알았다. 수고했네."

"예!"

전령을 보낸 뒤, 한참 동안 고민하던 강감찬은 옆에 있던 부관에게 명령했다.

"정 부관, 어서 김 판관을 부르게."

"네, 각하."

잠시 후, 김종현이 상원수 막사로 들어왔다. 강감찬이 그에게 명령을 내렸다.

"김 판관. 거란군이 서경도 지나쳐 그대로 개경으로 향했다 하네. 자네는 병사 일만을 이끌고 급히 개경으로 향하게."

"하아, 결국 올 게 왔군요."

"그렇네. 나라의 운명이 풍전등화일세. 자네가 직접 가서 지원을 해주게."

"흠…."

김종현이 눈을 감고 심호흡했다. 이번이 마지막 출전이 될지도 모른다는 생각에 만감이 교차하는 듯했다. 그는 이내 마음을 굳힌

듯 고개를 끄덕인 후, 벼락같이 눈을 뜨며 답했다.

"알겠습니다. 상원수 각하."

김종현은 강감찬에게 군례를 행한 후 곧바로 막사를 빠져나갔다. 강감찬은 곧이어 부관에게 물었다.

"동북 면병마사로부터 연락은 없는가?"

"네, 군사 삼천삼백을 이끌고 개경으로 향했다고 하옵니다."

"음, 그래. 이젠 그야말로 시간 싸움이군."

강감찬은 흰 수염을 매만지며, 심각한 표정으로 중얼거렸다.

"과연 제시간에 도착할 수 있을 것인가…."

잠시 후, 고려 본대 숙영지.

병사들이 북을 치며 출전 소식을 알렸다.

"판관 김종현 부대원들은 들어라! 두 시진 후에 개경으로 출진할 테니 모두 군장을 챙겨라!"

"군장을 챙겨라!"

두 시진에 걸쳐 김종현 부대는 출진 준비를 마쳤다.

"부처님, 이번에 반드시 승리할 수 있도록 도와주소서."

김종현이 남쪽을 향해 고개를 숙인 채 기도했다. 잠시 뒤, 눈을 뜬 그는 뒤를 돌아 병사들을 보며 큰 소리로 외쳤다.

"일만 기병은 곧바로 개경으로 향한다. 너희는 나를 따르라!"

"와, 와!"

병사들이 손을 들어 함성을 질렀다. 그 웅장한 모습에 고무된 김종현은 곧바로 말의 배를 등자로 찼다.

"타핫!"

– 이히힝.

김종현이 탄 백마가 한 번 크게 울부짖더니 그대로 남쪽으로 내달렸다. 뒤이어 그를 따라 1만 기병이 일제히 남쪽으로 향했다.

"이랴, 이랴!"

"핫!"

– 두두두두!

굉음과 함께 땅이 크게 울렸다. 김종현이 이끄는 1만 기병대는 그렇게 거대한 눈 먼지를 일으키며 남쪽으로 향했다.

"전군, 밤낮으로 말을 달려 최대한 빨리 개경까지 간다!"

김종현이 뒤따르는 부관들에게 크게 외쳤다.

"알겠습니다. 판관 각하!"

부관들도 호응하며 열심히 말을 달렸다.

사실 고려인들의 대부분은 직간접적인 거란 침략의 피해자였다. 누구는 부모를, 누구는 형제자매를 잃었다. 누구는 전쟁 통에 불구가 되었고, 누구는 삶의 터전을 잃었다. 김종현이 이끄는 1만의 기병대는 다들 복수심에 이글이글 타오르는 눈빛을 한 채 개경으로 쉴 새 없이 내달렸다.

"고려의 운명이 경각에 달렸다. 다들 젖 먹던 힘까지 내서 달려라!"

"예!"

11.
청야 작전

1월 3일 진시(오전 7~9시). 개경 100리 앞 신은현.

눈 덮인 지평선 위로 일단의 거란 기병이 모습을 드러냈다. 처음에는 몇십 기에 불과했으나, 연이어 나타나면서 그 수는 수백, 수천을 넘더니 마침내 수만에 이르렀다. 드디어 소배압이 이끄는 거란의 전 부대가 개경에서 불과 100리 떨어진 신은현에 도착한 것이다. 이곳에서 개경까지는 말로 고작 하루 거리일 뿐이었다.

소배압이 거대한 똥배를 드러내며 크게 웃었다.

"으하하! 드디어 개경 코앞까지 왔구나!

"하…. 드디어 왔군요. 감축드리옵니다. 백부님."

"수고했다. 그동안 우여곡절이 많았지만, 끝이 좋으면 모든 게 좋은 법. 내일 개경을 점령하고 이번 원정을 승리로 장식하리라!"

"궁장령 산신이 우리를 굽어살피실 것이옵니다!"

크게 웃는 소배압 옆으로 소허열과 야율팔가가 다가와 달콤한 소리로 알랑거렸다. 기분이 좋아진 소배압이 뒤를 보며 손을 들었다.

"전군, 여기서 숙영한다!"

⁂

그날 오후, 개경 황궁.

궁궐 안은 긴장감과 비장함으로 가득 차 있었다. 오후부터 거란군이 개경 100리 앞까지 다가왔다는 급보가 빗발쳤기 때문이다.

거란군이 신은현에 나타났습니다!

기세가 많이 꺾였다고는 하나, 7만의 대군이 한꺼번에 몰아치면 막을 방도가 없습니다!

소식을 전해 들은 현종은 온종일 한 끼의 식사도 하지 못한 채 고민에 고민을 거듭하고 있었다.

'드디어 결전의 때인가?'

현종은 단도를 손에 쥔 채 결기를 다졌다. 2차 침략 이후 지난 8년간 민심을 다독이고, 군의 지휘체계를 강화하는 데 모든 것을 바쳐왔다. 지난 거란의 2차 침입 때 나주까지 몽진했던 현종은 이번에는 결사 항전을 하기로 결심했다.

'이번에도 몽진하게 되면 고려는 무너진다. 죽더라도 여기서 죽어야 한다.'

심장이 크게 뛰고, 손이 떨려왔다. 지난 며칠 동안 수천 번도 더 결사의 각오를 다졌건만, 막상 실제로 닥치니 역시 긴장되는 건 어쩔 수 없었다.

그때, 문밖에서 원성왕후의 목소리가 들려왔다.

"폐하, 연경궁주이옵니다."

"어서 드시오."

문이 열리고 왕후가 들어왔다. 현종은 그녀에게 황금빛 갑옷을 건네며 말했다.

"부탁하오, 중전."

"네."

왕은 어제 왕후더러 자신에게 갑옷을 입혀달라고 부탁해 놓은 터였다.

철찰, 부박(어깨 보호용 무구), 비갑….

왕비는 묵묵히 왕의 몸에 갑옷을 얹어나갔다. 차례차례 갑옷이 얹힘에 따라 현종의 어깨도 무거워졌다. 그건 갑옷 때문에 느껴지는 중압감이 아니었다. 말로 표현할 수 없는 그 중압감은 바로 그의 어깨에 고려의 운명이 달렸다는 사실이었다.

현종이 원성왕후를 보며 말했다.

"이기고 돌아오겠소."

"무운을 빌겠사옵니다, 폐하."

현종은 그 말 한마디를 남기고, 편전으로 향했다. 지아비의 뒷모습을 바라보는 지어미의 뺨에 한줄기 눈물이 흘러내렸다.

잠시 후, 편전.

용상으로 간 현종이 도열해 있는 신료들을 보며 큰 소리로 말했다.

"짐은 마음의 결정을 내렸소."

편전 안은 극도의 긴장감에 휩싸였다. 현종은 그들을 천천히 둘러보며 용상에서 일어섰다. 그는 숨을 크게 한 번 들이쉰 뒤, 엄숙히 선언했다.

"오늘부로 청야 작전을 실시하겠소!"

현종이 10만 거란 대군에 맞서 싸울 방책은 바로 청야 전술!

"거란의 속국이 된다는 건, 사람으로 치면 남의 노비가 된다는 뜻이오. 짐이 원하는 고려는 그런 나라가 아니오. 당당히 할 말은 하는 나라, 독자적인 결정을 내릴 수 있는 나라…. 그런 나라란 말이오."

대소신료들이 고개를 숙인 채, 왕의 선언을 듣고 있었다. 현종은 칼로 바닥을 내리치며 비장하게 외쳤다.

"그러기 위해선 싸워야 하오. 짐은 쓰러질지언정 무릎은 꿇지 않을 것이오!"

이로써 결정 났다.

고려는 비굴하게 사대해 수명만 연장하는 나라가 아닌, 스스로 자신의 운명을 결정하고 개척할 나라가 되기 위해 힘든 선택을 한 것이다.

현종이 대도를 빼 들고 큰 소리로 선언했다.

"짐은 결단코 항복하지 않을 것이오!"

순간, 편전은 쥐 죽은 듯 조용해졌다. 견디기 힘든 침묵의 시간이 계속됐다. 그때 서눌이 크게 외쳤다.

"며, 명을 받들겠나이다."

서눌의 외침에 다른 신하들도 일제히 복창했다.

"명을 받들겠나이다."

왕과 신하들 모두 굳은 표정이었다.

⁂

그날 늦은 오후, 현종은 갑옷을 입은 채 친위대를 거느리고 친히 개경 외곽 지역을 찾았다. 길을 가던 백성들 모두 자리에서 멈추고, 왕을 향해 머리를 조아렸다.

"폐하."

"폐하."

현종은 비장한 표정으로 그들을 보며 말했다.

"고개를 들라."

왕의 허락에 다들 고개를 들었다.

"짐이 오늘 그대들에게 할 말이 있노라."

현종은 눈 덮인 송악산을 한 번 쳐다본 후 말을 이었다.

"지금 저 무도한 거란군이 7만 대군을 이끌고 이곳 개경을 공격하려 하고 있다. 하지만 우리의 군사는 모두 북방에 나가 있는 상황. 이제 우리에게 남은 선택지는 두 개뿐이다. 항복하느냐, 아니면 결사의 각오로 싸우느냐…."

백성들이 서로를 쳐다보며 근심 어린 표정을 지었다. 개경 내성 바깥은 마치 장례식장처럼 분위기가 가라앉았다.

“하지만 짐은 항복할 수 없다.”

현종이 또렷이 외쳤다.

“그렇다고 저번처럼 몽진할 생각은 추호도 없다.”

현종의 음성이 점점 커졌다.

“짐은 적에게 맞서 끝까지 싸울 것이다!”

왕을 바라보는 백성들의 표정이 흐려졌다. 모두 만감이 교차하는 듯….

“그러나 싸우기 위해선 그대들의 협조가 필요하다.”

현종은 찢어지는 가슴을 부여잡은 채 말을 이었다.

“안다. 내 그대들이 정말로 아플 것이란 걸 안다. 하지만….”

순간, 현종은 목이 메와 잠시 말을 멈출 수밖에 없었다. 감정을 추스른 그는 다시 입을 열었다.

“하지만 나라를 지키기 위해, 그리고 사랑하는 가족을 지키기 위해 때론 힘든 결정을 내려야 할 때가 있노라.”

현종은 자신을 바라보는 백성들을 보며 고개를 끄덕였다.

“만일 개경 주변에 먹을 양식이 남아 있게 되면, 저들은 그걸 먹고 계속 공격해올 것이다. 어여쁜 내 백성들의 고통이 언제 끝날지 모른 채 말이다.”

현종은 한번 숨을 고른 뒤 무겁게 입을 뗐다.

“하여, 짐은 결단했노라. 무척이나 힘들겠지만, 각자 모든 양식과 집을 불태우고 성안으로 피신하라. 이에 대한 보상은 나라에서 충분히 해 줄 것이다.”

설마설마했지만, 그리고 이렇게 될 거라고 예상도 했지만, 막상 청야전술이라는 말을 들으니 다들 억장이 무너지는 듯했다. 백성들은 모두 눈물을 흘리며 땅을 쳤다.

"흑흑. 아이고, 어째."

"아아…."

현종 역시 그들을 보고 있자니 억장이 무너졌다.

"폐하."

"폐하."

그렇게 개경 외곽 지역은 울음바다가 되었다.

마침내 현종은 눈물을 머금고 병사들에게 명령했다.

"마, 마을에 불을 질러라!"

"모든 곡식과 창고, 놈들이 먹을 만한 것에는 불을 질러라!"

"우물에는 독을 풀어라!"

현종의 명령에 따라 양대춘을 비롯한 병사들이 여기저기에 불을 놓았다. 가옥이며 외양간이며 곳곳에서 불길이 치솟았다. 곧 개경 바깥의 모든 마을이 거대한 화마에 휩싸였다.

– 화르륵!

온 마을과 들판에서 불이 일었다. 하늘은 순식간에 검은 연기로 뒤덮였다. 태양은 그 빛을 잃었고, 사람들도 희망을 잃었다.

"아이고, 이를 어째."

"내 피같은 집과 땅이 불타는구나!"

고려의 백성들은 자기들의 집과 가축이 불타는 것을 보고 울부짖었다. 병사들은 그저 말없이 그들을 도성으로 인도할 뿐이었다.

현종은 가슴이 찢어지는 듯했다. 살이 찢기고, 뼈가 잘리는 고통을 느꼈다. 왼쪽 뺨으로 한줄기 눈물이 그려졌다. 한줄기 눈물은 곧 뜨거운 폭포수가 되어 쏟아졌다. 평소 임금은 절대 눈물을 보여선 안 된다고 믿고 있었지만, 오늘만큼은, 오늘만큼은 어쩔 수 없었다.

'백성들이여, 오늘의 고통을 잠시만 감내하라. 내 반드시 보상해 주리라!'

현종은 재빨리 눈물을 훔쳤다. '울고 있을 시간이 없다'라고 생각한 현종은 이내 두 눈을 부릅떴다.

'청야 작전은 육참골단이다. 고육지책이지만 불가피한 작전이다. 내 반드시 거란에 맞서 승리하리라!'

그렇게 개성 주변의 백성들은 자신들의 모든 것을 불태우고 개성 성읍 안으로 피난했다.

민심은 크게 요동쳤다.

하지만 현종은 확실히 정치 감각이 남달랐다. 그는 술렁이는 민심을 붙잡기 위해 발 빠르게 움직였다.

"백성들의 부담을 경감시킬 정책을 당장 시행하시오!"

현종의 엄명에 따라 조정에선 도성으로 피난 온 신민들을 구휼하기 위해 다음과 같은 조치를 발표했다.

[전몰자의 가족들에 대해선 최상의 대우로 땅과 식량을 하사한다.]

[노년층을 우대해 땅과 식량을 지급한다.]

[신민들에게 세금 감면과 부채탕감을 해준다.]

다행히 개경의 주민들은 왕의 큰 뜻을 이해해줬다. 소식을 전해 들은 신민은 다들 나라가 위태로운 지경인 걸 인지했고, 고통을 조금씩 나누기로 했다.

현종은 백성들에게 다음과 같은 포고문을 연이어 발표했다.

[이번에 공을 세우는 자는 큰 상을 내리리라! 만약 노비가 공을 세우면 면천시켜 주겠노라!]

이를 들은 노비들은 귀가 번쩍 트였다.

"이번에 공을 세우면 자손 대대로 편하게 살 수 있어!"

"제길, 어차피 한 번 사는 인생이다. 이 기회를 놓칠 수 없지."

노비들은 누구보다도 전의를 불태웠다.

이러한 조정의 기민하고 필사적인 노력으로 민심은 어느 정도 안정시킬 수 있었다.

"폐하, 백성들이 모두 성상의 은덕을 칭송하고 있다 하옵니다."

"다행히 큰 동요는 없는 듯하옵니다."

가전훈도의 연이은 보고를 받은 현종은 한시름 놓을 수 있게 됐다.

'좋다. 이제 다음 단계로 넘어간다.'

이제 신민이 힘을 합쳐 개성으로 진격해오는 거란군을 막아야 했다.

잠시 고민하던 현종은 개경의 수비대장인 오세호에게 명령했다.

"오 장군, 우리 군이 최대한 많은 것처럼 꾸미시오."

"알겠사옵니다. 폐하."

조정은 영을 내려, 개경 성의 모든 사람 중 걸을 수 있는 자는 전부 갑옷을 입고 병사들처럼 보이도록 했다. 물론 여기에는 아녀자들도 해당됐다.

뒤이어 현종은 직접 백성들 앞에 나가 또다시 연설을 시작했다.

"저 무도한 거란의 야만인들이 우리 고려를 침략해온다. 짐은 목숨을 바치는 한이 있더라도 그대들과 함께해 적을 물리칠 것이니, 모두 짐을 믿고 따르라!"

"저희는 성상만을 믿고 따를 것이옵니다."

백성들이 현종을 향해 함성을 질렀다.

"만세, 만세!"

"대왕 폐하, 만세!"

12.
금교역 전투

1월 4일 아침, 신은현의 거란군 도통 막사.

어제 신은현에 도달했던 소배압은 꿀잠을 잔 후, 침상에서 기지개를 켜며 일어났다.

"아함~ 오늘이면 개경을 볼 수 있겠군!"

2차 침략 때도 도통으로 참전한 소배압은 이번에도 거란군이 개경 앞까지 쇄도하면 왕이 피난 갈 것으로 생각했다. 그때 틈을 주지 않고, 왕을 잡으면 고려는 멸망할 것이다.

"크크크, 나한테 칭찬해야지. 장하다, 소배압! 우여곡절이 있었지만, 드디어 여기까지 왔구나."

갑옷을 주섬주섬 걸친 후 막사 밖으로 나온 소배압은 장탄식을 내뱉으며 주변 풍광을 바라봤다.

"흠, 팔 년 만에 오니 감회가 새롭군."

그런데 뭔가 분위기가 찝찝했다. 바람을 타고 유황과 나무 탄 냄새가 실려 왔기 때문이다.

'이게 무슨 냄새지?'

코를 킁킁대고 있던 그때 척후가 허겁지겁 소배압에게 달려왔다.

"저, 전하…. 큰일이옵니다!"

"뭐가 큰일이란 말이냐? 이제 곧 개경인데."

소배압은 황당하다는 표정을 지으며 척후를 바라봤다. 척후는 거의 울먹이며 보고했다.

"그게… 고려 놈들이 개경 주변의 모든 마을을 불 싸질러 먹을 게 없습니다!"

"뭐, 뭐라?"

소배압의 얼굴이 새파랗게 질렸다. 어제 도착하자마자 곯아 떨어져서 개경 근처에서 큰불이 난 건 몰랐다. 밤중에 깨우지 말라는 엄명을 내린 탓이었다. '이런, 내가 놈들을 너무 얕잡아봤구나'라고 생각하는 순간, 전령이 말을 이었다.

"놈들이 모든 물자를 파괴하고 공성전을 하기로 한 것 같습니다!"

"이런 빌어먹을!"

전혀 예상치 못한 보고에 소배압은 하릴없이 부하에게 큰소리로 되물었지만 소용없는 일이었다.

'뭔가 잘못돼 가고 있다!'

소배압은 극도로 초조해졌다. 지금 자신에게 닥친 현실이 도무지 믿기지 않았다.

"아니, 아니. 그 쫄보 왕순이 그럴 리 없다. 일단 내 눈으로 확인해야 하니 개경성으로 가보자."

소배압은 허겁지겁 군사들을 이끌고 개경 쪽을 향해 남하했다. 그러나 척후의 말대로 거란군을 기다리는 건 폐허가 된 개경 바깥 지역일 뿐이었다.

"제기랄, 이게 어떻게 된 건가?"

소배압은 잿더미만 남은 개경 주변을 보며 허탈해했다. 눈치 없는 소허열이 옆에 와서 더욱 속을 긁는 말을 했다.

"정말이군요. 이거 팔 년 전과는 다른데요, 백부님?"

"끄응…."

"어쩌죠?"

소허열의 질문에 소배압이 그를 째려보며 팔자 주름을 내렸다.

'그걸 내가 알면 지금 이러고 있겠냐, 이놈아?'

그는 고개를 돌려 역시 죽을상을 한 소허열에게 물어봤다.

"군량은 어떤가?"

"그, 그게… 전혀 없습니다. 지금까지도 뱃가죽 움켜쥐고 온 거 아시잖습니까?"

"빌어먹을!"

소배압은 다시 목덜미를 부여잡았다.

아무리 강한 거란군이라도 먹을 게 없으면 말짱 도루묵이다. 지난 2차 침략 때처럼 고려왕이 겁을 먹고 도망갈 줄로만 믿고, 지금까지의 출혈도 감내했건만… 이 무슨 낭패란 말인가!

소배압은 부들부들 떨리는 왼손을 오른손으로 겨우 진정시킨 후 나지막하게 명령했다.

"이, 일단 병든 낙타와 말을 잡아 병사들을 먹이라."

"하아…. 분부 받들겠습니다만, 그거 잡아봐야 7만 병사들 간에 기별도 안 갈 겁니다."

"그건 나도 알고 있다고!"

소배압이 버럭 화를 냈다. 소허열은 그저 입술을 깨물 뿐이었다. 소배압이 초조해하며 말을 이었다.

"제기랄, 일단 개경의 군세는 어느 정돈지 확인해보자."

⁂

같은 시각, 현종이 군복을 입고 성벽 위에 올라왔다. 왕을 본 병사들이 군례를 바쳤다.

"폐하."

"음, 그래. 수고들 많네."

병사들을 치하한 현종은 곧이어 개경 내성 북쪽을 바라보았다. 황궁을 둘러싼 내성 바깥에서 찬바람이 휑하니 불어왔다. 현종은 상념에 잠겼다.

'목숨을 건 싸움이다. 결코, 물러서지 않으리라.'

그때 감시병이 호각을 불며 크게 외쳤다.

"거란군이다. 거란군이 나타났다!"

"드디어 왔구나!"

현종이 성벽 앞으로 몸을 내밀며 북쪽을 바라봤다. 새하얀 지평선 위로 수많은 거란군 기병대가 나타났다.

천마산 옆 계정골을 지나 개경성 코앞까지 온 소배압은 예상과는 달리 삼엄한 경계를 갖춘 그 모습에 입이 떡 벌어지고 말았다.

성벽에는 빼곡히 꽂힌 수많은 깃발과 예상을 뛰어넘는 많은 수의 고려 병사들이 있었다. 거기다 모두 검은 철갑을 입고 있어 그 위압감이 대단했다. 또한 성벽 바깥쪽에는 수많은 거마창이 놓여 있었다. 그 앞으로는 또 능철이 쫙 깔려있을 것이다. 가장 충격적인 건, 성벽 위에 거대한 투석기들이 설치되어 있다는 점이었다.

소배압은 그만 주눅이 들고 말았다. 그는 한혈마에 올라탄 채 입술을 깨물었다.

"개, 개경에 병사들이 이리 많을 줄이야!"

"낭패입니다."

소배압은 입을 다물지 못한 채 그저 개경 성곽만을 바라봤다. 소허열 역시 손톱을 잘근잘근 씹기만 할 뿐이었다. 그때 거란군의 꾀주머니 야율팔가가 다가와 말했다.

"전하, 아무리 봐도 저건 허장성세인 거 같습니다."

"음… 그, 그럴까?"

"그러하옵니다. 고려는 이미 최대한의 병사들을 모조리 끌어 모아 북방으로 보냈을 겁니다. 그런데 저렇게 많은 병사가 있다? 쉽게 납득이 가지 않습니다."

"흠, 생각해보니 그렇군."

소배압은 야율팔가의 의견에 일리가 있다고 생각했다. 그는 잠시 수염을 만지며 고민했다.

'고려 놈들이 만약 수상개화(樹上開花)의 계략을 쓴다면?'

수상개화란 손자병법 29계로 실제보다 군세를 강하게 보이도록 하는 계략이다. 만일 그렇다면 거란군으로선 어서 빨리 공격을 감행해야 했다.

'하지만 이게 또 허허실실(虛虛實實)의 계략이라면?'

허허실실이란 허술해 보이지만 사실은 튼튼하다는 뜻으로, 만일 성급히 공격했다가 실제로 고려가 대군이라면 거란군으로선 큰 낭패가 아닐 수 없었다. 거란군은 지금 너무 지쳐있고, 지금까지 무려 3만의 기병을 잃었기 때문에 단 한 번의 실수가 전멸을 의미할 수도 있었다.

'아, 어떡하지? 어떡한다?'

소배압은 망설였다. 이제 60대 노인이 되다 보니 결단력과 판단력도 예전 같지 않았다. 소싯적엔 저 송나라를 휘젓고 다니던 그 용맹하던 소배압이 말이다. 소배압은 너무 빨리 흘러버린 세월에 자조적인 헛웃음을 지으며 고개를 저었다.

한편, 개경성 성루에 선 현종이 코앞에 나타난 거란군을 보며 비장하게 말했다.

"놈들이 괜한 호기를 부리는구나. 좋다. 맛 좀 보여줘라."

"네, 알겠습니다."

수비대장인 오세호가 현종에게 군례를 바친 후, 병사들에게 명령했다.

"투석하라!"

"투석하랍신다!"

– 투캉, 투캉!

개경성 투석기에서 쏜 거대한 돌들이 소름 끼치는 소리를 내며 거란군 진영으로 날아갔다.

"어, 어?"

"뭐 이리 멀리 날아?"

– 쿠콰콰쾅!

거석이 거란군 진영 바로 앞에 떨어졌다. 놀라 자빠진 거란군 기병들이 허겁지겁 말을 물렸다.

"빌어먹을, 저 새끼들 언제 사정거리를 늘렸지?"

소배압은 이를 갈며 화를 냈다. 하지만 이러지도 저러지도 못하는 상황. 이리저리 눈알을 굴리던 소배압은 마침내 힘없이 명령을 내렸다.

"퇴, 퇴각하라!"

***

그날 밤, 거란군 도통 막사.

소배압과 부하 장수들이 침통한 표정을 지은 채 회의하고 있었다. 장수들은 너나 할 거 없이 자신들의 의견을 개진했으나, 오른쪽으로 비스듬하게 앉은 소배압은 손으로 뺨을 괸 채 그 광경을 쳐다보고 있었다.

'아… 이 무슨 초현실적 상황이란 말인가?'

장수들이 뭔가 시끄럽게 떠드는 것처럼 보였지만, 소배압의 귀엔 하나도 들리지 않았다. 그저 정신이 몽롱하고, 온몸이 피곤할 뿐이었다. 그는 어서 빨리 자고 싶은 생각뿐이었다.

그때 야율팔가가 일어나 크게 말했다.

"전하, 제 의견을 말씀드려도 되겠습니까?"

"그러시오."

소배압은 완전히 넋이 나가 힘없이 고개만 살짝 끄덕였다. 그런 그를 안타깝게 쳐다보던 야율팔가가 귀에 쏙 들어오는 제안을 했다.

"일단 한 삼백 기만 보내서 적의 군세가 어느 정도 되는지 시험을 해보시지요."

야율팔가의 말에 소배압의 안광이 밝아졌다.

"삼백… 기 말이오?"

"그렇습니다. 아까도 말씀드렸지만, 아무리 생각해도 저놈들 허장성세인 거 같습니다. 그러니 삼백을 보내 확인해보시고, 만일 진짜로 대군이라면 그때 군을 물려도 늦지 않을 것입니다."

"오~ 그거 좋겠군. 역시 야율 도감은 탁월한 전략가요. 허허."

"과찬이시옵니다."

야율팔가가 입꼬리를 올리며 답했다. 소배압은 눈을 번뜩이며 바로 명령을 내렸다.

"야율호덕, 야율호덕은 어디 있는가?"

"여기 있사옵니다. 전하!"

야율호덕이 벌떡 일어나 답했다.

"오, 그래."

화색이 돈 소배압은 먹물을 잔뜩 머금은 붓으로 순식간에 몇 글자를 휘갈겼다. 그런 다음 종이를 두 번 접어 그에게 건넸다.

"고려 놈들을 꾀기 위한 서신이다. 이걸 갖고 통덕문으로 가 놈들에게 전하라. 우리가 곧 물러날 거라고 말이다."

"전하, 정말로 퇴각하실 작정입니까?"

물러난다는 말에 야율호덕이 눈을 동그랗게 뜨고 물었다. 소배압이 크게 웃으며 답했다.

"하하, 그대는 용맹하기만 하지, 계략은 모르는가? 이게 전부 놈들을 끌어내기 위한 작전이라네."

"오오, 역시 동평왕 전하!"

야율호덕은 자기 머리를 한 번 치더니 그대로 소배압에 군례를 취한 후, 막사를 나갔다.

두 시진 뒤, 야율호덕이 막사로 되돌아와 소배압에게 보고했다.

"전하, 우리가 퇴각한다는 서신을 고려군에게 전달하고 왔나이다."

"그래, 뭐라 그러던가?"

"네, 그저 알았다고만 했습니다."

"음, 그랬단 말이지…."

소배압이 턱수염을 만지작거리며 의자 팔걸이를 탁탁 쳤다. 잠시 후, 그는 벌떡 일어나 부하 장수들에게 외쳤다.

"아과달은 원탐난자군 삼백 기를 이끌고 금교역(황해도 금천군)까지 몰래 가라!"

"네, 전하!"

아과달이 소배압에게 군례를 바치며 답했다. 옆에서 걱정스레 지켜보던 소허열이 소배압에게 물었다.

"백부님, 과연 고려 놈들이 속을까요?"

"속아야 한다, 아니 속을 거다! 어차피 시간이 없다. 이 수밖엔 없어!"

소배압은 손톱을 깨물며 신경질적으로 답했다. 그의 눈에는 붉은 불꽃이 이글이글 타오르고 있었다.

⁂

1월 5일 사시(오전 9~11시), 개경 북문, 성루.

황금색 갑옷을 입은 현종은 오늘도 이곳저곳을 순시하며 병사들을 격려했다.

"적이 물러간다고는 했으나, 이는 필시 우리를 속이기 위함이리라. 그대들은 만에 하나라도 경계에 소홀함이 없도록 하라!"

"네, 폐하!"

그때 척후가 보내온 소식이 현종에게 전달됐다.

"폐하, 적들이 완전히 안 물러났습니다. 오히려 몰래 이쪽으로 병력을 보냈습니다."

"그럴 줄 알았다. 그래, 병력은 얼마쯤이던가?"

"그게… 삼백 정도였나이다."

"삼백!"

현종은 자신도 모르게 신음 같은 탄식을 내뱉었다. 현재 개경에는 고작 백 명의 병사들밖에 없다. 그런데 3백이라니…. 그것도 정예 3백일 것이고, 그러면 전투력은 어마어마할 것이다.

현종의 눈앞으로 함락당해 불타는 개경 황궁의 모습이 아른거렸다.

"음… 그래, 지금쯤 어디 있는지는 아는가?"

"지금 속도로 봐선 아마 오늘 밤 금교역 근처를 지날 듯하옵니다."

"알겠다. 수고했네!"

그나마 거란군의 동태를 파악할 수 있었다는 건 불행 중 다행이었다. 곳곳에 심어놓은 척후가 큰 역할을 했기 때문이리라.

그때 옆에서 함께 듣고 있던 오세호가 아뢰었다.

"폐하, 저와 일백 결사대가 가서 막도록 하겠습니다."

"할 수 있겠소?"

현종이 오세호를 바라보며 물었다. 오세호는 비장한 표정으로 고개를 끄덕였다.

"맡겨만 주소서, 폐하. 목숨을 바쳐서라도 반드시 적을 무찌르겠사옵니다."

"음…."

현종은 그의 결기 어린 말을 듣고 순간 울컥했다. 다행히 고려에는 이런 충신들이 아직도 많다. 정말이지 고맙고 또 고마운 일이었다.

현종은 눈물이 흐르는 걸 억지로 참고, 떨리는 목소리로 오세호에게 명령했다.

"알겠소, 오 장군. 오늘 일백의 결사대를 조직해 야간기습을 감행하시오!"

"알겠습니다. 폐하!"

"고려의 운명이 그대들에게 달려있음을 명심하라."

"네!"

그렇게 결사대 100기가 조직되었고, 이들은 정오에 북문을 몰래 빠져나갔다.

오세호는 금교역 예성강 부근으로 향하기로 했다. 그는 말달리면서 병사들에게 외쳤다.

"놈들이 개경으로 오려면 예성강을 건너야 한다. 따라서 우린 계정 골짜기를 지나 예성강 앞에서 매복한다."

"알겠습니다."

"놈들이 강을 건널 때 총공격한다. 알겠나?"

"예, 대장님!"

그때 눈발까지 날리기 시작했다.

"됐다!"

오세호가 미소 지었다. 이 눈이 적의 진군 속도를 지연시킬 것이다. 하늘의 뜻이 아군에게 있음을 직감한 그의 심장이 뜨겁게 달아올랐다.

유시(오후 5~7시), 금교역 왼쪽 야산.

겨울 해는 짧다. 해가 서쪽으로 기울면서 어둠도 일찍 찾아왔다. 황량한 금교역 벌판은 어느새 어두컴컴해져 있었다.

그때, 예성강 남쪽 강변의 수풀에 검은색 인영이 여럿 나타났다. 구름 뒤에 가려졌던 달빛이 다시 나타나 그 인영들을 비추었다. 옅게 빛나는 갑옷과 무기들. 오세호가 이끄는 고려군 결사대였다.

오세호는 부하들을 향해 손가락을 폈다 오므렸다 했다. 수신호였다.

적의 도강, 중, 공격.

오세호의 명령을 받은 고려 병사들이 고개를 끄덕였다. 달빛에 반사된 그들의 안광이 밝게 빛났다. 그들 중에는 양대춘의 모습도 눈에 띄었다.

'아버님… 부끄럽지 않은 아들이 되겠습니다.'

양대춘은 이번이 처음 나서는 실전이라 무척 긴장됐다. 아무리 멈추려 해도 벌벌 떨리는 손은 절대 멈춰지지 않았다.

'침착해라, 침착해.'

무릇 어릴 때부터 아버지 양규의 영웅담을 듣고 자란 양대춘이었다. 하지만 그게 다 무슨 소용일까? 아버지가 돌아가셨을 당시, 양대춘의 나이 겨우 열 살이었다. 어린 양대춘에겐 나라를 구한 영웅 아버지보다, 살아서 자신과 놀아주는 아버지가 더 필요했으니까.

그렇게 아버지에 대한 아련한 기억을 가진 사춘기를 보냈다. 그리고 이젠 어엿한 군인이 되어 나라를 지키러 나왔다. 평소 거란에 대한 복수심이 뼈에 사무친 그였다. 하지만 이번 전투 때 죽을 수도 있다고 생각하니 온갖 미묘한 감정이 솟구쳤다.

순간, 예전에 강감찬이 했던 말이 떠올랐다.

걱정하지 마라. 걱정한다고 달라지는 건 없다. 다만 자네 아버지가 죽음을 무릅쓰고 적과 싸운 건 나라를 지키기 위해서이기도 하지만, 무엇보다 가정과 자식을 지키기 위해서였음을 기억하라.

양대춘은 눈을 감고 아버지께 기도하며 마음을 추스렸다. 뒤쪽에선 올빼미 우는 소리가 들려왔다.

그때, 강 건너에 적들의 그림자가 나타났다.

"적이 출현했습니다!"

정탐군의 보고가 들어왔다. 수풀 뒤에 숨은 오세호는 병사들을 보며 조용히 속삭였다.

"좋다. 다들 화살을 메겨라. 다만 내 명령 전에는 공격하지 마라."

"넵."

양대춘 역시 활에 화살을 메겼다. 뒤이어 깍짓손으로 활시위를 힘껏 당긴 다음, 오세호의 명을 기다렸다.

거란군이 강을 건너기 시작했다. 대열이 횡으로 넓게 퍼지기 시작했다. 마침내 선봉이 강의 남안에 도착하려는 순간!

수비대장이 손을 내렸다.

"지금이다. 화살을 쏴라!"

그 명령에 따라 고려군 결사대가 일제히 화살과 쇠뇌를 쏴댔다.

– 쉬이익!

화살이 섬찟한 파공음과 함께 밤공기를 가르며, 격렬한 속도로 날아갔다.

"아악!"

앞서 오던 거란 기병들의 목과 가슴에 화살이 꽂혔다. 녀석들은 단말마의 비명과 함께 푹 쓰러졌다.

"지금이다. 돌격하라!"

"우와아아!"

우레와 같은 함성과 함께 강변의 수풀 속에 매복해 있던 고려군이 일제히 거란군 숙영지를 향해 돌진했다.

"크헉, 매복이다!"

불시의 공격에 거란군이 당황하기 시작했다. 거기다 미끄러운 얼음판. 선봉의 말과 병사들이 앞으로 고꾸라지는 바람에, 중앙과 후미의 기병들 모두 걸려 넘어지거나 중심을 잡지 못해 허우적거렸다.

압수를 건넌 지 벌써 한 달 가까이. 제대로 먹지도 못한 데다 사기는 땅에 떨어진 상태. 결국 세계 최강의 거란 기병들, 그중에서도 극강의 정예라 하더라도 이미 승패는 정해져 있었다.

"당황하지 마라, 어서 강을 건너라!"

아무리 거란 장수가 외쳐대도 소용없었다. 거란 병사들은 계속 푹푹 고꾸라졌고, 어찌어찌 강을 건넌 병사들도 고려군의 밥이 되었다.

"이얍!"

"으악!"

고려군이 휘두른 칼날에 거란군 병사들의 목이 달아났다. 뒤이어 오세호가 화시 공격을 명했다.

"화시를 쏴라!"

고려군이 숨은 수풀 속에서 불빛이 피어났다. 강 남쪽이 순식간에 밝아졌다. 곧이어 불화살들이 섬뜩한 파공음을 내며 하늘로 치솟았다.

– 쉬시시식!

수많은 불화살이 하늘을 가르는가 싶더니, 이내 땅으로 떨어지며 거란군 기병대로 쏟아졌다.

"뭐, 뭐야!"

"으아악!"

여기저기서 불길이 치솟았다. 솜에다 유황을 발라 발화력이 한층 강화된 고려의 불화살은 쉽게 꺼지지도 않았다. 불의의 기습을 당한 거란군은 혼비백산했다.

당황한 거란 병사들은 필사적으로 남쪽 강기슭에 도달했지만, 의미 없었다. 먹잇감이 도착한 걸 확인한 고려 병사들이 함성을 지르며 어두운 수풀 속에서 튀어나왔다.

"공격하라!"

"모두 섬멸하라!"

고려 병사들은 이리 뛰고, 저리 뛰며 거란 병사들을 베었다. 검과 창이 달빛을 받아 번쩍번쩍했다.

"으아악!"

"커헉!"

싸늘한 밤바람이 얼어붙은 예성강 위로 불었다. 치열한 전투가 벌어졌다. 남쪽 강기슭은 아수라장이 됐고, 점차 붉은 피로 물들어 갔다.

고려 병사들은 미친 듯이 칼부림을 해댔다. 짙은 어둠 속에서 흑색 갑옷들이 곳곳에서 번쩍였다.

"죽어라!"

"이얍!"

"크아악!"

거란 병사들이 차례차례 쓰러졌고, 강기슭으로 핏물이 철철 흘렀다. 그렇게 한동안의 격렬한 싸움 끝에, 고려 결사대는 마침내 거란 부대를 전멸시킬 수 있었다.

"와, 이겼다."

"하하하, 침략자를 물리쳤다!"

피와 땀으로 범벅이 된 병사들이 함박웃음을 지으며 크게 외쳤다. 세 배나 되는 적을 섬멸한 쾌거였다.

오세호가 이마의 땀을 훔치며 부하들에게 말했다.

"수고했다. 제군들."

"이 모든 게 대장님 덕분입니다."

부하들 역시 고개를 끄덕이며 그에게 답했다. 달빛에 비친 고려 병사들의 눈이 밝게 빛났다.

"자, 어서 개경으로 돌아가세."

"네!"

시체가 된 거란 병사들로부터 각종 전리품을 챙긴 양대춘은 부하들과 함께 개경으로 돌아갔다.

잠시 후, 개경 성루 위. 감시병들이 개경 쪽으로 향해오는 일단의 군부대를 발견했다.

"어, 뭐지?"

감시병들은 '혹시나 거란군이면 어쩌나'라는 생각에 가슴이 철렁 내려앉았다. 하지만 도망칠 수도 없는 노릇. 그는 잠시 마음을 추스른 후, 눈썹 위로 손을 올리고 자세히 살펴봤다.

다행히 그것은 귀환하는 오세호의 결사대였다.

"앗, 우리 군이다. 우리가 이긴 모양이다!"

"하하하. 자, 빨리 알리자!"

– 땡, 땡, 땡!

감시병들이 영웅의 귀환을 알렸고, 잠시 후 개경의 모든 군민이 성벽 위아래로 달려 나왔다.

"와, 이겼대. 이겼어!"

"정말 다행이야!"

성벽 위에선 개선하는 고려 결사대를 본 군민이 팔을 뻗어 만세 삼창을 불렀다.

"만세, 만세!"

"대고려 만세!"

13.
퇴각하는 거란군

1월 6일, 거란군 도통 막사.

막사 안은 침울하기 이를 데 없었다. 마지막 남은 희망이었던 금교역 전투에서 거짓말처럼 거란 정예 기병 300이 전멸했기 때문이었다.

설상가상 조금 전 들은 척후의 보고에 의하면 북쪽에선 강민첨과 조원의 추격대뿐만 아니라, 김종현의 1만 기병, 동북면의 3천3백 기병까지 합세해 포위망을 좁혀오고 있다고 했다.

소배압은 가슴을 치며 분통을 터뜨렸다.

"으으, 이를 어찌하면 좋단 말인가?"

보다 못한 소허열이 그를 설득하기 시작했다.

"백부님, 더는 버틸 수가 없습니다!"

소허열이 물꼬를 트자, 마치 기다렸다는 듯 다른 장수들도 일제히 성토하기 시작했다.

"놈들의 청야 작전으로 며칠이나 밥을 먹지 못해 병사들이 초주검입니다."

"개경 함락이 무산된 지금, 하루빨리 이곳을 떠야 합니다."

"서둘러야 합니다. 군의 사기가 땅에 떨어졌습니다."

"그러하옵니다. 이러다간 전멸입니다."

"전하, 결단을 내려주시옵소서!"

장수들의 아우성에 소배압은 심히 괴로워졌다. 그는 팔자 주름을 지으며 두 손으로 머리를 감쌌다.

"하아…. 정녕 일이 이렇게 되고 말았단 말인가!"

한동안 몸을 비틀며 고통스러워하던 소배압은 결국 개경을 함락시킬 수 없다는 현실을 받아들일 수밖에 없었다.

'아아, 나의 권위는 어떻게 되는가? 나의 권위는!'

수많은 장수의 의견을 무시한 채, 개경 직공을 강력히 주장해 카간으로부터 도통 자리를 꿰찬 그였다. 그런데 이런 최악의 상황에서 귀국한다면 그의 권위는 나락으로 떨어질 게 뻔했다.

'아무리 생각해도 뾰족한 수가 없단 말이야. 빌어먹을, 빌어먹을!'

하지만 이젠 권위 따윈 신경 쓸 겨를도 없었다. 자칫 시기를 놓쳤다간 아예 목숨을 내놓아야 할 판이다.

그 짧은 시간 동안 수백 번이나 고뇌에 고뇌를 거듭한 소배압은 마침내 비통한 심정으로 부하들을 향해 입을 열었다.

"알겠다. 그대들의 뜻을 따르도록 하겠다. 일이 이렇게 된 이상,

퇴각은 불가피한 듯하다."

마침내 소배압의 입에서 튀어나온 '퇴각'이라는 단어 덕분에 여러 장수는 모두 안도의 한숨을 쉬었다.

"후…."

"잘하신 결정이옵니다."

소배압은 오만상을 찌푸린 채 몸을 꼬며 장수들에게 되물었다.

"자, 그럼, 이제부터 퇴각 경로에 대해 의견을 내보게."

소배압의 질문에 장수들이 각자 해결책이랍시고 자신의 의견을 피력했다.

"잘 퇴각해야 합니다."

"적의 추격을 피해 빨리 퇴각해야 합니다."

하지만 그들의 의견은 추상적이고 공허한 것이었다. 그래서 사람 속만 더 긁을 뿐이었다. 소배압이 버럭 고함을 질렀다.

"그니까 어느 길로 퇴각하는 게 제일 낫겠냐고, 이것들아!"

"…."

신경질을 부리는 소배압 앞에 다들 또다시 꿀 먹은 벙어리가 됐다. 당연했다. 지금의 거란군은 그야말로 진퇴양난. 그 어떤 퇴로를 선택하더라도 위험부담이 너무 컸다. 이러한 상황에서 자기의 의견을 피력한다는 건 한마디로 '고양이 목에 방울 달기'였다.

한동안 숨 막히는 침묵이 계속됐다. 다들 '어서 빨리 아무나 말해봐!'라고 생각할 때쯤, 마침내 야율팔가가 무겁게 입을 뗐다.

"연주와 위주로 방향을 틀어 돌파구를 마련해야 합니다!"

거란군 최고의 지략가로 칭송받는 야율팔가의 말이었기에 그 무게감은 상당했다. 소배압은 야율팔가를 보며 몸을 앞으로 당겼다.

"오오, 야율 도감인가? 그대의 제언이라면 들을 만한 가치가 있지!"

야율팔가는 거란 사상 최고의 천재라는 칭송을 듣고 있었고, 심지어 거란의 제갈무후(제갈량)라는 별칭까지 갖고 있었다. '그래, 이왕 이리된 거 녀석의 계획에 운명을 걸 수밖에 없겠지'라고 소배압은 생각했다.

"그래, 도감 생각엔 연주와 위주로 치고 가면 승산이 있다고 보는가?"

"그렇습니다. 본래 우리 거란의 최대 장점은 기동력. 적의 주력을 피해 전속력으로 회군한다면, 큰 피해 없이 본국으로 갈 수 있을 것입니다."

소배압은 자신의 수염을 만지며 야율팔가의 제안을 들었다. 사실 그 방법 말고는 다른 뾰족한 수도 없었다. 이 와중에 재밌는 건 야율팔가 역시 소배압 자신이 늘 주장하던 그놈의 '기동력'을 이야기하고 있다는 점이다. 하지만 지금은 연이은 패전에다 병사들이 극도로 지친 상황. 고려 놈들의 청야 작전 때문에 배도 곯은 상태다. 이제는 기동력을 낼 수 있는 체력이 달린다는 게 문제였다.

'빌어먹을…. 이 개 같은 상황에서 당황하는 모습을 보이면, 나중에 정치적으로 공격당할 것이다. 다른 방도도 없으니 못 이기는 척하면서 야율팔가의 의견을 듣는 척해야지.'

소배압은 아무리 곤란한 상황에서도 짐짓 대범한 척해야 했다. 왜냐하면 그로선 전쟁의 승패보다 자신의 권위를 지키는 게 더 중요한 문제였으니까.

이미 그는 개경 직공이라는 고집을 부리는 바람에 3만이라는 어마어마한 거란 기병을 죽게 했다. 도통으로서 엄청난 실책이며, 이 상태로 귀국했다간 동평군왕 자리도 빼앗길 판이다. 안 된다. 그래선 안 되지.

그런데 마침 저 야율팔가가 '의견'을 제시했다. 그래, 저 녀석의 의견을 따르는 척하자. 그래야 조금이라도 책임을 면할 수 있고, 내 권위를 지킬 수 있다… 소배압은 그렇게 생각했다.

"하하하, 좋다. 야율팔가의 의견이 아주 좋아!"

소배압은 크게 웃으며 야율팔가의 의견에 따르는 척 연기했다. 어찌 됐든 지푸라기라도 잡아야 했으니까.

그러나 그의 말을 들은 장수들의 얼굴은 어두워졌다. 아무리 생각해도 그건 아닌 것 같았기 때문이다. 이미 거란군은 며칠간의 굶주림으로 예전의 기동력을 낼 수 없다. 거기다 고려는 지금 동, 북, 서 방면에서 아군을 향해 다가오고 있다. 연주와 위주로 간다는 건 그 고려군을 뚫고 가야 한다는 건데, 지금의 기동력으로 가능할까? 어림도 없는 소리였다. 요컨대 야율팔가의 의견은 지극히 이론적일 뿐이었다. 평소 장수들이 야율팔가를 '헛똑똑이'라고 부르는 이유였다.

이번에도 소허열이 용기를 내서 반론을 펼쳤다.

"백부님, 지금 아군의 기동력이 현저히 떨어진 상황에서 연주와 위주를 뚫는 건 무리라고 생각되옵니다. 특히 그곳은 산세가 험해 체력 소모가 극에 달할 겁니다."

"그럼 다른 대안을 말해봐."

"그, 그게…."

소배압이 숨 쉴 틈도 없이 재빠르게 대꾸하자, 소허열은 말문이 막혀버렸다. 소배압은 틈을 주지 않고 더욱 강하게 밀어붙였다.

"현재로선 야율 도감의 작전이 최선이야."

소배압은 단칼에 소허열의 반론을 거절했다. 소배압은 바로 옆의 부관을 보며 명령했다.

"부관, 곧장 퇴각 명령을 내리게. 후방은 별동대 일천 기로 수비하도록!"

"알겠습니다."

소배압의 명령을 받은 부관이 군례를 바친 후, 막사 밖을 빠져나갔다. 이제 막사 안 장수들의 얼굴은 더욱 어두워졌다. 누가 봐도 성공 가능성이 낮은 작전이었기 때문이다.

물론 소배압 역시 연주와 위주로 갈 경우 희생이 많을 걸 알고 있었다. 그러나 지금으로선 선택의 여지가 없었다. 강민첨과 조원을 비롯한 강감찬 본대가 해안 길을 장악한 후 언제든지 거란군을 쫓아올 태세를 하고 있을 것이다. 그나마 연주-귀주 길은 동북면 증원군만 따돌리면 되기 때문에 실낱같은 희망이 있는 셈.

무엇보다 소배압으로선 자기만 살면 되는 것이었다. 이제 살날이 얼마 안 남은 육십 노인도 이역만리에서 객사하는 건 싫었다. 어쨌든 이번 원정은 여러모로 그에게 무척이나 귀찮은 일이 되어버렸다.

'쩝, 동평군왕에서 만족할걸…. 괜히 욕심부리다 독박 쓰게 생

겼군.'

소배압은 콧구멍을 후비며 장수들을 바라봤다. 중앙의 화톳불은 서서히 사그라지고 있었다.

그날 저녁,

숙영지를 정리한 거란군은 마침내 퇴각을 시작했다. 소배압은 이번에도 고려군의 추격을 받지 않기 위해 험한 산길로 회군하는 것을 선택했다.

그렇게 해서 장장 보름에 걸친 고려군과 거란군의 숨바꼭질이 시작되었다.

'이놈들아, 내가 쉽사리 잡힐까 보냐!'

지친 몸을 이끌고 말에 탄 소배압은 이를 꽉 깨물며 버텼다.

이번 원정은 재앙에 가까운 실패였지만, 그래도 소배압이 노력하긴 노력했다. 그는 통상적인 내륙길인 '안주–정주–곽주–통주–의주' 선이 아닌 '서경–개천–연변–태천–귀주'로 가는 길을 선택했던 것이다.

***

1월 10일, 거란군 진영.

소배압이며, 휘하 장수들이며, 일반 병사들까지 추위에 벌벌 떨며 억지로 잠을 청하고 있었다. 고려의 북부 지역은 끝도 없이 산이 이어져 퇴각 속도는 더뎠고, 밤은 또 엄청 추워 고통스러운 나날의 연속이었다.

'으, 춥다. 빨리 집에 가고 싶다.'

오늘도 아이락 술로 겨우 몸을 따뜻하게 한 소배압이 침상에 누워 중얼거리고 있었다. 그때 막사 안으로 전령이 급히 뛰어 들어와 충격적인 보고를 올렸다.

"전하, 강동에 고려 기병 1만이 나타났다고 합니다! 예상보다 진격 속도가 빠릅니다. 하루 뒤면 저희 후방 부대를 공격할 수 있다고 합니다!"

"뭐, 뭐라!"

청천벽력 같은 소리에 소배압은 그대로 목덜미를 부여잡고 쓰러질 뻔했다. 강감찬이 보낸 김종현의 부대가 마침내 강동까지 도달한 것이다.

장수들은 모두 놀라 쓰러진 소배압에게 달려들었다.

"저, 전하!"

"전하!"

소배압의 입에는 게거품이 가득했다. 그는 필사적으로 침상의 팔걸이를 붙잡고선 몸을 일으켰다.

"괘, 괜찮다…."

한동안 정신을 가다듬은 소배압이 이윽고 공중으로 팔을 저어대며 외쳤다.

"전군… 빨리 진을 물리고, 다시 퇴각을 시작하라!"

"네?"

소배압의 명령을 들은 장수들이 새파랗게 질린 얼굴로 되물었지만, 한번 결정된 소배압의 명령을 뒤로 물린 순 없었다. 그렇게 해서 그날 밤, 거란군은 제대로 잠도 못 잔 채, 지친 몸을 이끌고 다시 후퇴할 수밖에 없었다.

그리고 이러한 피 말리는 퇴각 작전은 며칠에 걸쳐 계속되었다.

– 휘이이잉~!

고려의 북방 영토는 거란군에겐 최악이었다. 산세는 험했고, 밤이 되면 기온이 뚝 떨어져 온몸이 마비될 정도로 추웠다. 고려군에게 들킬까 봐 불도 피울 수 없는 상황. 거란군 병사들은 그저 양털로 만든 겉옷과 모피 모자로 추위를 달래야 했다.

단순히 산세가 험하거나, 추운 게 문제가 아니었다. 밤낮을 가리지 않고 덤벼드는 맹수들이 더 큰 문제였다. 고려의 산에는 호랑이, 승냥이, 표범, 늑대 등 각종 육식동물이 서식하고 있었는데, 그들에게 거란군의 말과 낙타는 좋은 먹잇감이었다. 특히 초식동물을 만나기 힘든 겨울철에 거란군이 대규모로 말과 낙타를 끌고 왔으니, 맹수들로선 횡재한 셈이었다.

– 어흥!

"으악!"

밤마다 야수들이 숙영지를 덮치면, 거란군 병사들은 비명을 지르며 도망치기 바빴다. 이들의 비명 때문에 술시에도, 축시에도 산 전체가 떠날 듯이 울렸다. 특히나 겨울철 산속은 해가 일찍 졌기 때문에 숙영 시간이 훨씬 길었고, 따라서 거란의 군마나 낙타들이 입는 피해도 기하급수적으로 늘어났다.

⁂

반면 고려 조정의 상황은 정반대였다. 흥화진과 자주, 그리고 개경에서의 승리가 즉각적인 효과를 발휘했기 때문이다. 바로 동여진 추장 우나(于那) 등이 입조한 것. 모피와 호피 등을 가득 가져온 우나는 현종 앞에서 머리를 조아리며 말했다.

"폐하, 알현할 수 있게 되어 영광입니다. 저희 동여진은 거란이 아닌 고려에 조공하겠나이다."

"음, 오느라 수고했다. 아직 전쟁이 끝나진 않았지만, 함께 힘을 합쳐 저들의 무도함에 대항하자!"

"신(臣) 우나, 충성을 다 하겠나이다!"

동여진은 거란의 지속적인 공격을 받고 있었기 때문에 군사동맹이 필요했다. 거기다 만성적인 식량난 때문에 고려와의 조공 관계는 불가피했다. 이로써 고려는 거란의 동선을 더욱 자세하고 신속하게 알 수 있게 되었을뿐 아니라, 적들의 퇴각 시 그 후미를 교란할 수 있게 되었다.

승리의 열매는 달콤했다.

1월 23일, 고려의 북방 영토인 연주 및 위주 부근.

지칠 대로 지친 거란군이 마침내 이곳에 다다라 숙영하고 있었다. 도통 막사 안에선 소배압이 땅이 꺼질 듯 한숨을 쉬고 있었다. 그는 선봉 부대를 뒤따라오던 참이었다.

"후~ 드디어 여기까지 왔구나."

지난 두 달간은 그야말로 기억에서 지우고 싶은 흑역사였다. 천하의 거란 기병이 이 조그만 고려 땅에서 이토록 힘을 못 쓰다니…. 그로선 전혀 예상치 못한 결과였다.

소배압은 남쪽을 향해 침을 탁 뱉으며 욕을 퍼부었다.

"내 다시 고려 쪽을 보고 오줌이라도 누면 사람이 아니다. 퉤!"

그런 다음, 그는 부관들에게 명령했다.

"이제 조금만 가면 국경의 강을 건널 수 있다. 다들 힘내라고 전해라!"

"알겠습니다. 전하!"

그때 한 전령이 허겁지겁 달려와 소배압 앞에서 무릎을 꿇었다.

"전하, 큰일 났습니다. 후방 수비를 맡았던 별동부대가 고려군에 당했다고 합니다!"

"뭣이? 몇 명이나 당한 거냐?"

"오전 반나절 만에 오백 기가 전사했습니다!"

"비, 빌어먹을! 절반이나 말이냐?"

"그, 그렇습니다!"

"이런 제기랄, 끄응…. 커헉!"

전령이 전한 비보를 듣고 욕을 한 사발 퍼부으려던 소배압은 갑자기 혈압이 올라 목덜미를 잡고 거의 쓰러지려고 했다.

"전하, 괜찮으시옵니까?"

"전하!"

장수들이 몸을 제대로 가누지 못하는 소배압에게 달려들었다. 그의 입에는 또다시 게거품이 나왔다. 하지만 권위의 추락을 누구보다 두려워하는 소배압은 필사적으로 몸을 일으켰다.

"으… 괜찮다. 괜찮아!"

오로지 패전, 패전, 패전…. '괜찮다'는 소배압의 말과는 반대로 거란군 진영에 거대한 죽음의 그림자가 드리우고 있었다.

장수들의 도움으로 겨우 몸을 바로 세운 소배압이 잠시 숨을 돌린 후, 의자의 팔걸이를 치며 분통을 터뜨렸다.

"빌어먹을, 천하의 거란 기병이 이리도 약하단 말인가!"

소배압은 막사 안의 화톳불을 노려보며 하릴없이 분노했지만 소용없는 일이었다.

가랑비에 옷 젖는다고, 개경까지 가는 동안 3만을 잃었고, 이제 또 퇴각하는 동안에도 거의 1천을 잃을 지경이다. 이러다간 요양까지 가는 동안 진멸할 판이다. 그것도 불과 반나절 만에 5백이나 잃다니! 거기다 후방을 수비하라고 보낸 별동대는 정예병 아닌가! 그만큼 지금의 거란 기병들은 다들 기진맥진한 상황인 것이다. 따라서 더 이상의 반격은 의미 없다. 무조건 빨리 퇴각해야 했다.

소배압은 누런 이로 벌건 입술을 잘근잘근 씹었다.

'어떡하지? 어떻게 할 것인가?'

가슴이 턱턱 막히고 숨이 가빠졌다. 평생 실패라는 걸 모르고 살아온 그였다. 지금의 현실은 60대인 그가 버티기엔 너무나 버거운 것이었다.

'제기랄, 어서 빨리 이 지옥 같은 고려 땅에서 벗어나는 수밖에.'

소배압은 아이락이 가득 찬 술잔을 들이켰다. 오늘따라 술맛이 유난히 쓰게 느껴졌다.

14.
추격

1월 25일 진시(오전 7~9시), 고려군 상원수 막사.

강감찬과 휘하 장수들이 탁자 위에 펼쳐진 지도를 보면서 회의를 하고 있었다.

"놈들의 후미를 쳤으니, 이제 본대는 지척일 것입니다."

"지금까지의 주행거리와 속도 등으로 봤을 때 놈들은 내일쯤 귀주에 도착할 겁니다."

"마침내 이곳까지 쫓아올 수 있었군. 다들 수고했네."

강감찬은 지도를 보며 고개를 끄덕였다. 고려군은 귀주 벌판에서 대회전을 벌여야 하는 상황.

"명심하게. 놈들이 압수를 넘기 전에 섬멸해야 하네."

"상원수 각하, 항명을 무릅쓰고 말씀드리자면… 벌판에서의 대회전은 우리한테 불리하다고 보입니다!"

"그렇습니다. 아군의 피해가 막심할 겁니다."

몇몇 부장이 토를 달자, 강감찬이 고개를 저으며 답했다.

"이번에 박멸하지 않으면 저들은 내년에도, 내후년에도 다시 쳐들어올 걸세. 언제까지 이런 무의미한 짓을 할 순 없잖은가?"

강감찬의 근엄한 한마디에, 토를 단 장수들을 비롯한 장수들이 굳은 표정을 지었다. 지난 8년간 거란의 침략으로 전사한 장병들의 수는 족히 수만에 이르렀다. 유가족들의 수까지 합치면 실로 막대한 피해였다. 거기다 강감찬의 말마따나 고려는 재원의 한계로 언제까지 이런 소모전을 할 수 없는 처지였다.

"흠, 알겠습니다."

강감찬에게 설득당한 부장이 군례를 바쳤다. 그에 맞춰 나머지 장수들도 일제히 우렁찬 목소리로 군례를 바쳤다.

"목숨 걸고 전투에 임하겠습니다."

"죽을 각오로 전장에 나가겠습니다!"

그런 그들을 보며 강감찬은 미소 지었다.

"음, 좋네. 내 그대들만 믿으이."

그때, 막사 안으로 전령이 뛰어 들어왔다.

"상원수 각하, 내일쯤 적들이 귀주에 도착할 예정이라고 합니다!"

"음, 그런가? 역시 예상대로군. 수고했네."

강감찬은 고개를 끄덕인 후, 장수들에게 다시 밀했다.

"거란군이 다시 산악지대로 회군하기 때문에 우린 주야로 추격해야 하네."

"병사들이 지치지 않겠습니까?"

"선택지는 없네. 나중에 적을 놓치고 난 다음 후회한들 뭣 하겠는가?"

강감찬의 말에 다들 굳은 표정으로 고개를 끄덕였다. 강감찬이 탁자 위의 지도를 지휘봉으로 치며 장수들에게 크게 외쳤다.

"모두 군장을 정리하라. 전속력으로 귀주에 간다!"

유시(오후 5~7시).

보병 10만, 기병 2만에 이르는 대규모의 고려군이 귀주로 향했다.

– 두두두두!

정용부대 속에는 열심히 말을 모는 대수혁과 고기백의 모습도 보였다. 내구산 전투와 마탄 전투에서 활약한 둘은 다시 이곳 북방까지 왔다.

"이랴, 이랴!"

"핫, 핫!"

보병부대보다 앞서 나간 고려군 기마부대는 거대한 눈보라를 일으키며 산을 넘었다.

***

다음 날인 1월 26일 오시(오전 11시~오후 13시), 귀주의 거란군 본대.

끝도 없이 이어진 긴 행렬의 거란군이 축 늘어진 채 터벅터벅 행군하고 있었다. 머리와 어깨에는 눈이 쌓였고, 수염과 콧물은 고드름으로 변해있었다. 천하의 거란군이라는 명성에 걸맞지 않은 너무나도 처참하고 초라한 퇴각이었다.

아무런 성과 없이 퇴각하는 건 거란군에게 고통 그 자체였다. 아니, 이미 3만의 병력을 잃었기 때문에 이건 누가 봐도 명백한 패배였다. 춥고, 배고프고, 손발은 동상이 걸려 살이 썩어나가기도 했다. 거란군의 사기는 바닥을 기고 있었다.

"하아, 하아…."

"으으, 배고파."

일반 장병들의 신음소리가 선두를 이끄는 소배압에게도 전해졌다. 하지만 소배압은 짐짓 모른척 했다. 그들의 고통을 인정하고 보살피는 순간, 자신의 전략적 판단 실수를 인정하는 꼴이니까.

'난 황후족인 사르무트 부족의 유력인사다. 그 누구도 내 권위에 도전할 수 없게 해야 한다. 그러기 위해선 이번 원정이 실패로 기록되면 안 돼!'

불과 2년 전에 동평군왕으로 봉해진 그였다. 그만큼 카간의 신임을 받고 있었고, 조정에서의 힘은 막강했다.

'동평군왕….'

그것은 그가 평생을 바쳐 일군 성과였다. 그런데 이번 고려 원정이 성과 없이 끝난다면 자신의 위신은 땅에 떨어질 것이다.

'어떻게 이룬 내 과업인데, 기껏 이 쓸모없는 고려 원정 때문에 망칠 순 없다. 암, 그렇고말고.'

소배압은 평생 실패한 적이 없었기 때문에 첫 실패가 너무나 두려웠다. 따라서 더욱 강한 자기최면이 필요했다.

"이건 실패가 아니다. 과정일 뿐이다. 이건 실패가 아니다. 과정일 뿐이다…."

그는 퀭한 눈을 한 채, 그저 같은 말을 뇌까릴 뿐이었다. 그는 어떡해서든 이 패배를 승리로 포장할 궁리만을 하고 있었다. 그런 소배압의 육중한 몸을 실은 불쌍한 몽골 말이 힘겹게 북쪽으로 향했다.

그때 소배압의 곁으로 말을 탄 전령이 달려왔다.

"도통님, 귀주성 근처에 고려군이 나타났습니다!"

"뭐, 뭐라?"

전령의 말을 듣자마자 소배압의 낯빛이 하얗게 질려버렸다.

"그래, 지금 놈들 상황은 어떠하더냐?"

"막 진을 구축한 듯했습니다. 족히 이십만은 되어 보였습니다."

"끄응…"

소배압은 눈을 감고 장탄식을 내뱉었다. 고려군이 귀주에 진을 쳤다는 말은 싫든 좋든 결전해야 한다는 뜻이었다. 옆에 있던 부관은 공포에 질린 소배압의 눈빛을 읽었지만, 내색조차 할 수 없었다.

소배압은 주먹을 움켜쥔 채 부르르 떨며 이를 갈았다.

"빌어먹을. 결국, 들키고 만 건가?"

"최후의 결전이 불가피합니다."

옆에 있던 소허열이 한마디 거들었다. 소배압이 이를 꽉 깨물며 고개를 끄덕였다.

"음, 그래야겠지…. 알겠다."

말안장 위에서 잠시 고민하던 소배압이 이윽고 고개를 들더니, 부관을 향해 손을 들었다.

"오늘은 일단 여기서 숙영한다."

"예, 전하!"

"그리고 바로 작전 회의를 열 테니 각 부장에게 전하라!"

"예!"

이렇게 해서 양측은 귀주성 동쪽의 귀주 벌판에 진을 치게 되었다. 쫓는 자와 쫓기는 자. 피할 수 없는 한판 승부가 벌어지게 된 것이다.

⁂

같은 시각, 고려 상원수 막사.

드디어 결전의 날이 내일로 다가왔다. 이 때문에 강감찬은 온종일 고민에 빠져 있었다.

'적은 북쪽, 우리는 남쪽에 진을 쳤다. 그런데 지금은 북풍이 부는 시기… 그렇다면 맞바람을 받는 우리가 불리하다.'

전력이 막상막하인 상황에선 아주 미세한 차이가 승패를 결정한다. 이번 전투의 경우, 그 인소(因素)는 풍향이 될 가능성이 컸다.

하지만 이미 진영은 갖춰졌다. 이 상태에서 고려군이 유리한 상황을 만들려면, 바람의 방향이 남풍으로 바뀌는 것뿐이다. 하지만 그건 하늘이 결정하는 일…. 한낱 인간이 할 수 있는 건 없었다.

아무리 고민해도 묘책이 안 떠오른 강감찬은 귀주 토박이 노인들을 불러 그들의 지혜를 얻기로 했다. 자고로 노마식도(老馬識途)라고 하지 않았던가!

그렇게 해서 그날 저녁, 강감찬은 귀주의 토박이 노인들을 불러 조촐한 연회를 열었다. 변경에서 고생한 장로들을 위무해준다는 명분이었다.

분위기는 무척 화기애애했고, 술과 음식을 다 먹은 노인들은 연신 강감찬에게 머리를 조아렸다.

"아이고, 상원수 각하. 정말로 감사하옵니다."

"이 은혜를 어찌 갚을지요."

강감찬은 그들을 보며 미소 지었다.

"별거 아니오. 다들 맛있게 드셨다면 그로 족하오. 그나저나 내 하나 물어볼 게 있는데…."

"뭔갑쇼, 각하?"

"1월 말쯤 귀주에 부는 바람 방향이 궁금하단 말이외다."

"그야 당연히 북풍이 불지요."

노인들이 이구동성으로 답했다. 강감찬이 턱수염을 쓰다듬으며 되물었다.

"그건 알고 있소. 혹여나 남풍이 부는 경우는 없소이까?"

"아, 가만…. 조금 있으면 춘분이지?"

"응? 그렇지."

한 노인이 뭔가 생각난 듯 다른 노인들에게 물었다. 머리를 긁적이며 잠시 생각하던 그 노인이 두 눈을 동그랗게 뜨고선 강감찬에게 답했다.

“각하, 춘분이 다가올 때면 남풍이 부는 횟수가 점차 늡니다요.”

그 말을 들은 강감찬은 무릎을 ‘탁’ 쳤다. 그의 얼굴엔 화색이 가득했다.

“오오, 그렇소? 혹시 몇 시경에 남풍이 분다거나 그런 건 잘 모르오?”

“아, 그러니까 춘분 칠팔일 전부터 남풍이 조금씩 불기 시작하는데… 그게 주로 정오 때지요, 아마?”

“그게 참말이오? 하하하! 정말로 고맙소이다. 정말로 고마워.”

내일 전투가 벌어질 음력 1월 27일은 양력으로는 3월 12일이다. 북방의 땅은 아직 꽁꽁 얼어붙어 있지만, 그 바람은 봄의 기운을 가지고 오는 일도 있다는 것이다. 바로 강감찬이 꿈에 그리던 ‘남풍’이었다.

연회는 무사히 끝마쳤다. 노인들을 돌려보낸 강감찬은 막사 안에 설치한 작은 불상 앞에서 기도를 올렸다.

‘부처님, 제발 저희 고려를 지켜주시옵소서.’

한동안이나 마음을 다해 기도하던 그는 문득 자신의 아버지를 떠올렸다.

‘아비님….’

강감찬의 아버지 강궁진은 태조 왕건을 도와 삼한을 일통하는데 큰 공을 세워, 마침내 삼한벽상공신까지 오른 인물이다. 강감찬은 한평생 이런 아버지를 자랑스러워했다.

'불초 소생에게 부디 힘을 주소서.'

강감찬은 평소 선친의 노고 덕분에 갈기갈기 찢긴 나라가 아닌, 하나로 통합된 나라에서 성장할 수 있었다고 믿어왔다. 그로선 이 나라가 외세에 복종하거나, 혹은 그들에 의해 다시 분열된다는 건 상상할 수도 없었다.

그렇게 간절히 기도를 올리던 그때, 강감찬의 눈앞에 영롱한 빛이 나타났다.

'저, 저것은!'

뜨겁고 거대한 빛이 강감찬을 휘감았다. 동시에 신성한 목소리가 귓가에 울려 퍼졌다.

오후를 노려라!

"헉!"

순간, 강감찬은 눈을 떴다. 기도를 올리던 불상 앞 촛불이 크게 흔들렸다. 강감찬은 이마에 송골송골 맺힌 땀방울을 훔치며 다짐했다.

'이건 오전에는 수비 위주로, 오후부터는 공격 위주로 가라는 신의 계시가 아니겠는가!'

불상 앞에서 춤추는 촛불이 강감찬의 얼굴을 비췄다. 이제 내일이면 모든 걸 결정지을 승부가 펼쳐질 것이다.

*
**

이윽고 결전의 날인 1월 27일이 되었다. 동쪽 지평선이 서서히 밝아오고 있었다.

– 휘이이잉~!

칼바람이 부는 데도 불구하고, 아침 일찍 일어난 대수혁은 잠시 짬을 내 북녘의 다물 땅을 바라보고 있었다.

'지금 거란족이 동경으로 삼고 있는 저 땅은 원래 고구려와 발해의 땅이다.'

저곳은 고려인이자 발해인인 자신이 반드시 수복해야 할 고토, 즉 다물이다. 그리고 그 다물을 되찾아야 할 주체는 사람이다.

땅과 물과 사람. 사람은 땅과 물이 없으면 살 수 없다. 사람의 모든 힘은 땅과 물로부터 나온다.

'나는 고려인이다. 하지만 내 몸속에는 발해의 피가 흐른다. 어차피 고려와 발해는 고구려의 후손. 저 땅은 우리가 되찾아야 할 땅이다.'

만약 나의 세대에 저 고토를 수복 못 한다면 내 아들이 시도할 것이다. 만일 그 아들이 못 한다면 그 아들의 아들이, 그 아들의 아들이 못 한다면 그 아들의 아들의 아들이 대를 이어 계속 도전할 것이다.

대수혁은 북녘을 바라보며 고개를 숙였다. 8년 전 자신을 향해 외치던 아버지의 모습이 생생히 떠올랐다.

'아버님…. 오늘 당신의 복수를 할 수 있도록 저를 도와주소서.'

대수혁은 또한 지금쯤 개경에서 잠자고 있을 자기 아들을 떠올렸다.

'홍윤아, 부디 건강히 잘 자라다오. 곧 이 아비가 찾아가마.'

대수혁은 한동안 그렇게 귀주 벌판에 서 있었다.

⁂

같은 시각, 개경 황궁.

현종은 밤새도록 무릎을 꿇은 채, 동명황신과 태조대왕께 기도를 올리고 있었다.

'동명황신님, 그리고 태조대왕님이시여…. 부디 우리 고려를 지켜주시옵소서.'

금교역에서의 기적과도 같은 승리로 한시름 놓았지만, 적이 완전히 물러가기 전까진 안심할 수 없었다. 북방에서 속속 전해져오는 소식에 의하면, 거란군은 그렇게 지치고 굶었음에도 고려군의 추적을 요리조리 따돌리고 있다고 한다.

'만일 한 번만 기회를 주신다면, 고려를 찬란한 나라로 만들겠나이다.'

현종은 북녘땅을 바라보며 기도하고 또 기도했다.

15.
귀주대첩

오시(오전 11시 ~ 오후 1시), 귀주 벌판.

– 휘이이잉~!

북방의 거센 바람이 귀신 소리를 내며 누런 벌판을 훑었다. 북녘의 겨울은 차갑고 혹독했다. 간간이 진눈깨비도 날리는 와중에, 병사들은 모두 찬바람을 이겨내며 도열해 있었다. 입에선 입김이 한가득 나왔고, 몸이 벌벌 떨려 다리와 발가락을 부지런히 움직여야 했다.

강감찬은 굳은 표정으로 동쪽에 펼쳐진 거란군의 진을 보고 있었다. 그의 입꼬리가 올라갔다.

“놈들도 진을 쳤군.”

“이번에 아예 승부를 보려는군요.”

옆에 있던 조원이 강감찬에게 말했다.

"흠…."

강감찬은 고개를 끄덕였다. 살아생전 마지막 전투가 될 이번 전투. 별판에 진을 친 건 일종의 모험이자 배수의 진이었다. 왜냐하면 오늘과 같은 대회전은 누가 봐도 거란이 유리했으니까.

비록 고려의 기병이 지금까지 기적과도 같은 성과를 보여줬지만, 아무래도 거란은 정통 북방 기마대인 데 반해 고려는 농경민의 기마대다. 거기다 이때까지 고려가 거둔 승리는 지략을 이용하거나, 산악지대인 한반도의 지형을 이용한 측면이 강했다. 따라서 벌판인 귀주에서의 대회전은 거란이 훨씬 유리할 것이다.

하지만 강감찬은 거란군의 땅에 떨어진 사기, 바닥난 군량으로 인한 체력 소모에 주목했다. 거기다 또 다른 중요한 이유가 있었다.

'만일 여기서 놈들을 어설프게 살려 보냈다간 몇 년 후 또다시 침공할 것이다.'

2차 침략 이후에도 끊임없이 도발해온 거란이다. 이번에 확실히 승부에 쐐기를 박아야 이 지긋지긋한 전쟁을 끝낼 수 있을 것이다. 강감찬의 생각은 그러했다. 그래서 마침내 이곳에서의 대회전을 결정한 것이다.

'승리할 가능성은 반반! 누가 유리한 고지를 선점하느냐에 따라 승패가 결정된다.'

비록 여러 변수를 고려해 결단한 것이지만 강감찬으로서도 크나큰 도박이었다. 거기다 지난 2차 침입 때 역시 대회전을 선택했다가 전멸당한 강조의 예도 있었기 때문에 걱정이 아주 안 되는 것도 아니었다.

하지만 강감찬은 지난 8년간 크게 향상된 고려 기병의 능력을 믿어보기로 했다. 우선 자신이 할 수 있는 일은 병사들의 사기를 최대한 끌어올리는 것.

'작은 차이가 승패를 결정지을 것이다. 우리 쪽은 할 수 있는 걸 최대한 준비할 수밖에.'

그래서 거란 기병의 예상 진로 앞에 검차(앞에 여러 창을 꽂은 방어용 수레)와 거마창을 두어 그 예봉을 꺾기로 했다.

머릿속으로 구상을 마친 강감찬은 뒤쪽의 부하들을 돌아보며 말했다.

"나라의 운명이 걸린 결전이네. 다들 마음을 엄중히 갖게."

"알겠습니다. 상원수 각하."

뒤이어 그는 마상인 채로 병사들 앞에서 연설을 시작했다.

"자랑스러운 고려의 아들들이여. 이제 승리가 얼마 남지 않았다. 오늘 적들을 무찔러 이십칠 년간 계속된 전쟁을 끝내버리자!"

"와아아아!"

고려의 병사들이 창과 칼을 높이 치켜들며 함성을 질렀다.

얼마 후, 고려군은 검차와 거마창을 잔뜩 배치해 철저한 방어선을 구축했다. 이는 강감찬의 확고한 의지이기도 했다.

"적이 비록 지치고 많은 전사자를 냈다고는 하나, 동방 최강의 군사임에는 변함이 없다. 고로 우리는 철저히 방어선을 구축하고 기회를 봐 역습해야 승산이 있을 것이다."

이러한 강감찬의 명령에 따라 고려군은 귀주 벌판을 가로질러 수많은 거마창을 설치한 상황이었다.

진의 구성은 상원수 강감찬의 중군을 좌군인 강민첨과 우군인 조원이 앞에서 방어하는 형세였다. 좌·우군 양옆으로 모두 거마창을 세웠고, 진영의 맨 앞쪽에 검차부대를 배치했다.

좌·중·우군은 공히 2만 1천으로 구성되었다. 방패수와 장창병은 앞쪽의 검차 뒤에서 몸을 숨긴 채 적을 기다리고 있었다. 그 뒤에는 경궁과 쇠뇌부대를 배치했는데, 상황에 따라 유기적으로 진형을 변형할 수 있도록 했다. 맨 뒤에는 귀주성에서 공수한 투석기 10대를 배치했다. 고려군은 지난 8년간 이러한 진형을 수도 없이 훈련해왔고, 또 실전에 써먹기도 했었다.

한편, 기병인 정용부대는 중군의 양옆, 그러니까 좌군과 우군의 후방에 배치했다. 언제든지 전황에 따라 전위로 나설 수 있게 한 것이다.

대수혁과 고기백 또한 이 정용부대의 좌우에 배치되어 있었다.

*
**

그때, 지평선 위로 새까만 점들이 나타났다. 그것들은 점차 인영(人影)의 형체를 갖춰갔다. 바로 7만의 거란군이었다.

흑색, 황색, 적색 등 형형색색의 군기들이 남쪽을 향해 펄럭였다. 북풍이 불고 있어서, 북쪽에 진을 친 거란에 좀 더 유리한 상황이었다.

언덕 위에 올라선 소배압은 아래쪽 벌판에 진을 친 고려군을 보며 회심의 미소를 지었다.

"북풍이라… 하하, 하늘이 우리를 돕는구나."

"조짐이 좋습니다. 전하."

옆에 있던 소허열이 씩 웃었다. 소배압은 생각했다.

'끝이 좋으면 모든 게 좋다! 여기서 이기면 이번 전쟁을 승리로 포장할 수 있다!'

소배압은 천천히 언덕에서 내려오며 중얼거렸다.

"어차피 단판 승부다. 다음은 없으니 다들 죽을 각오로 싸워라!"

"알겠습니다!"

소배압은 곧바로 명령을 내렸다.

"돌격하라!"

소배압이 명령을 내리자, 소허열이 군령을 복창했다.

"돌격하라!"

– 뿌우우웅!

– 둥, 둥, 둥!

호각을 부는 것과 동시에 고수가 북을 두드렸다. 천지 사방으로 북소리가 울려 퍼졌다. 동시에 수직으로 세워져 있던 형형색색의 군기들이 앞을 향해 수평으로 눕혀졌다.

"이야야아!"

"와, 와!"

– 두두두두!

7만의 거란군 기병대가 일제히 함성을 지르며 물밀듯이 쏟아졌다. 말발굽 소리와 함성이 귀주 벌판 전체를 뒤흔들었다.

동방 최강의 기마대. 놈들은 귀주라는 마지막 관문만 넘으면 압록강을 건널 수 있기에 더 필사적이었다.

"우갸갸갸!"

"고려 놈들을 박살 내라!"

거란군은 마치 마귀와도 같은 괴성을 질러댔다. 그들이 지나간 땅에선 뭉게구름이 피어나는 듯, 거대한 눈의 분진이 일었다.

강감찬은 그 모습을 보며 낮게 신음했다.

"또 일부러 먼지를 일으키는구먼."

원래 거란군은 공격 방향과 군사 수를 감추기 위해 자신들이 탄 말 양쪽에 빗자루를 달아 일부러 먼지를 일으킨다. 아니나 다를까 오늘도 여지없이 그 전략으로 나온 것이다. 귀주 벌판은 하늘에서 내리는 진눈깨비와 땅에서 일어나는 거대한 눈 먼지로 순식간에 시야가 흐려졌다.

거대한 눈보라를 일으키며 돌진해오는 거란 기병대. 적을 노려보던 강감찬이 마침내 병사들을 향해 크게 외쳤다.

"거궁(擧弓)하라!"

명령이 내려지자, 병사들이 일제히 활에 화살을 메긴 후 들어올린 자세를 취했다.

"만작(滿酌)!"

병사들은 화살이 메겨진 활줄을 최대한 당겼다. 모두의 팔 근육에 힘이 잔뜩 들어갔다.

강감찬은 점차 가까이 몰려오는 거란 기병을 보며 적시를 기다렸다. 그리고 마침내 큰 소리로 명령했다.

"지금이다. 이시(離矢)하라!"

- 쉬쉬쉬식!

화살들이 일제히 하늘 위로 솟구쳤다. 수많은 화살이 하늘의 태양을 잠시 가렸다. 귀주 벌판은 일순간 어두워졌다. 잠시 후, 그 화살들은 거대한 포물선을 그리며 지상으로 향했다. 하늘이 다시 밝아졌다. 화살들은 거란 기병들을 향해 맹렬히 떨어졌다.

- 투두둑!

"아악!"

"크흑!"

거란 기병들이 방패를 들어 고려군의 화살을 막아냈다. 하지만 개중에 화살에 직공을 당한 말들도 있었다. 말들이 쓰러졌고, 거란 기병들도 함께 나자빠졌다.

"으아아악!"

"아악!"

낙마한 병사들의 다리가 'ㄴ' 자로 꺾였다. 전장 곳곳에서 다리를 부여잡고 울부짖는 거란 병사들의 비명이 들려왔다.

하지만 썩어도 준치라고, 아무리 지치고 수가 줄어든 거란 기병이라 해도 과연 천하제일이었다. 대다수 거란 기병대는 방패를 이용해 성공적으로 화살을 막은 뒤, 곧바로 질주해 단궁 공격을 해왔다. 그들은 등자에 두 발을 딛고선 단궁을 쏘아댔다.

"이랴, 핫!"

"쏴라!"

– 쉬쉭, 쉬식!

"크흑!"

"허억!"

고려 병사들은 검차와 전차 뒤에서 엄폐하고 있었지만, 짧은 거리에서 포물선을 그리며 날아오는 거란군의 화살 공격에 적지 않은 피해를 봤다. 무엇보다 거란 기병이 바람을 등진 북쪽에서 공격해 온 결과, 그들의 화살 공격이 훨씬 위력적이었다.

아울러 거란 기병은 말을 워낙 잘 몰아, 검차 바로 앞에서 방향을 틀 수도 있었다. 반격이 쉽지 않았다.

"장사진!"

"언월진!"

거란 기병들은 명령에 따라 일사불란하게 진형을 바꾸며 공격과 수비를 반복했다. 그들은 마치 살아있는 유기체 같았고, 인간과 말이 하나가 된 반인마(半人馬)처럼 보였다.

그때, 거란 기병 3대가 순식간에 횡으로 펼쳐지면서 강민첨의 검차부대로 달려왔다. 3대라면 최소 1천5백 명의 기병. 일반적으로 거란은 활을 잘 쏘는 정예를 후방에 배치하기 때문에 이 부대는 위력적일 것이다. 아니나 다를까, 야율호덕을 비롯한 거란의 맹장들이 환두도를 휘두르며 괴상한 고함을 질러댔다.

"우갸갸갸!"

한편, 고려군의 낭장과 별장들은 행여 마귀 같은 거란군 모습에 병사들이 사기를 잃어버릴까 봐 용기를 북돋우고 있었다.

"겁먹지 마라. 우리가 이긴다."

"아, 알겠습니다."

"아무리 흡혈귀라 불려도 사람일 뿐이다."

흡혈귀. 당시 거란족들은 흡혈귀라고 불리고 있었다. 사람의 피 마시는 걸 좋아했으니까.

- 두두두두!

거란 흡혈귀들이 눈앞으로 점차 다가왔다. 검차 뒤에 몸을 숨긴 고려 병사들이 숨을 한껏 들이쉬었다.

"후우…."

거란 기병대가 더욱 크게 보였다. 이제 놈들과의 거리는 불과 10보! 이가 딱딱 부딪히고, 심장이 터질 것 같았다.

그때 강민첨이 크게 외쳤다.

"검차부대, 방어!"

- 투콰쾅!

좌익 전방의 검차부대와 거란 기병대가 맞부딪혔다. 동시에 거란 기병대 후방군이 좌우로 흩어지면서 검차 옆쪽을 돌아 후방을 공격하려 했다.

"죽여라!"

"아악!"

난전이 벌어졌다. 뒤가 뚫린 검차부대의 병사들이 일제히 검차를 버리고, 가까이 있는 거마창 안쪽으로 피했다. 그들은 각자 손에 쥔 창과 극으로 방어하며 도망쳤다. 엄호가 필요한 순간이었다. 강민첨이 소리쳤다.

"쇠뇌를 쏴라!"

– 쉬쉬쉬식!

"우와와!"

1열의 검차부대 엄호를 맡은 2열의 검차부대가 쇠뇌를 비처럼 쏘았다.

이제 고려군 기병대가 나설 차례. 강감찬이 장검을 높이 치켜들며 병사들에게 독전했다.

"정용부대, 돌격하라!"

"이야야야아!"

중군 후방에 있던 고려 기병대가 함성을 지르며 거란 기병대에 달려들었다. 그 뒤로 하얀 눈의 폭풍이 크게 일었다.

대수혁도 등자로 말의 옆구리를 걷어찼다.

"천수야, 가자!"

– 이히힝!

대수혁이 탄 말이 큰 울음소리를 내며 앞다리를 한번 들더니, 그대로 설원을 박차며 튀어 나갔다. 멈춰있던 대지가 크게 흔들리기 시작했다.

– 투카카카!

말발굽이 지나는 곳마다 질펀한 눈의 파편들이 튀었다. 차가운 바람이 얼굴 전체를 때렸다. 먼저 대수혁은 검차부대 쪽으로 돌진하는 거란 기병 하나를 노리기로 했다. 거리는 좌측 50보 지점.

"이랴!"

대수혁은 더욱 강하게 말달렸다. 놈과의 거리가 급속히 좁혀졌다. 다행히 적은 아직 이쪽을 못 본 모양이었다.

대수혁은 등자를 디딘 후, 안장에서 엉덩이를 뗐다. 그리고선 바로 전통에서 화살을 꺼내 단궁을 메겼다.

– 쉬익!

"크헉!"

거란 기병은 목에 화살을 맞고, 외마디 비명과 함께 그대로 고꾸라졌다. 허공으로 피의 줄기가 그려졌다.

"됐다!"

그때, 맞은편에서 거란군 기병이 빠른 속도로 다가왔다. 거리가 점차 좁혀졌다. 50보, 30보, 20보….

기회는 한 번뿐이다. 만약 기회를 놓치면 그건 바로 위기가 된다. 남을 죽이지 않으면 내가 죽는 한판 승부. 대수혁은 칼집에 꽂힌 칼자루를 잡았다. 그리고선 전광석화처럼 칼을 뺐다.

"이얍!"

"으아악!"

칼이 커다란 푸른빛의 원호를 그렸다. 동시에 적의 옆구리에서 내장과 함께 붉은색 피가 분수처럼 뿜어져 나왔다. 하얀 눈밭 위로 붉은 액체가 뿌려졌다.

안장 위의 거란 병사는 축 늘어지더니, 그대로 땅바닥에 흘러내렸다. 순식간에 고깃덩어리로 변한 시체는 진흙탕으로 변한 눈밭에 처박혔다.

– 이히힝!

주인을 잃어버린 말은 방향을 왼쪽으로 비틀더니 정신없이 도망쳐버렸다.

그 순간, 고려군 정용부대와 거란군 기병대가 서로 충돌했다. 마치 거대한 파도가 서로 맞부딪치듯이.

– 챙, 챙, 챙!

"아악!"

"하앗!"

칼 부딪히는 소리와 비명이 주변을 메웠다. 비릿한 피 냄새와 시큼한 고린내가 진동했다.

대수혁도 인마(人馬)의 바다에 휩쓸렸다. 그때, 머릿속으로 아버지 대도수의 모습이 떠올랐다. 8년 전 서경에서 전사하신 아버지. 그 때문인지, 거란에 대한 복수심과 분노가 심장에서 튀어나와 온몸의 핏줄로 퍼졌다. 대수혁은 미친 듯이 칼을 휘둘렀다.

"아버지!"

땅이 흔들렸다. 근육은 터질 듯 팽창했고, 동공은 수축했다. 숨이 가빠지고, 피는 펄펄 끓었다. 흥분됐다. 미칠 듯이 흥분됐다.

또 다른 거란 기병이 닥쳐왔다. 단 한 치의 승부. 그 한 치가 적과 나의 생사를 가른다.

"으아아아!"

대수혁이 고함을 지르며 가로로 칼을 그었다. 이번엔 사람이 아니라, 말을 노린 것이었다.

– 콰지직!

칼끝으로 묵직한 무게감이 전달됐다. 이 정도면 말의 늑골에 걸린 것이리라. 아니나 다를까, 칼은 그대로 말의 복대선(옆구리)을 갈랐다. 말의 옆구리 가죽이 찢어진 천처럼 흩날리면서 시뻘건 근육이 보인다. 피가 솟구친 건 잠시 뒤였다.

– 이히힝!

말은 울부짖으며 바닥에 갈렸다. 그 몸통에서 뿜어져 나온 붉은 피가 큰 호를 그리며 공중에 뿌려졌다. 말 위의 거란 병사가 외마디 비명과 함께 안장에서 떨어졌다. 머리가 땅에 먼저 박히고, 척추와 다리가 반대로 꺾여 'ㄷ' 자 모양이 됐다. 목뼈가 부러진 모양이다.

"됐다!"

하지만 아직 안심하긴 이르다. 거란 기병이 연이어 닥쳐왔기 때문이다.

"우고고고!"

괴성을 지르며 거란 기병이 단창을 날렸다. 대수혁은 본능적으로 허리를 휘었다.

– 휘익!

창이 대수혁의 왼쪽 뺨을 스치고 지나갔다. 조금만 늦었다면, 머리가 통째로 잘려 나갔으리라.

"이야야!"

대수혁은 그대로 고함을 지르며 반격했다. 이제 놈은 단창을 써버렸으니, 칼을 뽑아야 했다. 그 시간을 줘선 안 된다.

– 콰직!

젖 먹던 힘까지 다해 칼날로 적의 두개골을 찍었다. 손끝으로 둔탁하고 무거운 뻣뻣함이 느껴졌다.

"꾸에엑!"

적군은 짐승의 소리를 내뱉더니 이내 축 늘어졌다. 공중으로 흩뿌려지는 핏방울들이 유난히 붉었다.

대수혁은 짜릿함을 느꼈다. 복수란 이토록 짜릿한 것이었던가! 아니, 어쩌면 그건 쾌락일지도 모른다. 인간의 몸에서 나온 피 냄새가 이토록 자신을 흥분시키다니! 대수혁은 어느새 짐승으로 변해있는 자기 자신에게 놀랐다.

그 시각, 대수혁뿐만 아니라 고려군과 거란군 모두 짐승으로 변해가고 있었다.

한편, 귀주성에서 끌고 나온 투석기 10여 대는 중군 좌우에 배치한 상태였다. 이것이 바로 거란군에 없는 고려군만의 장점이었다.

각각의 투석기에 있는 화포 그릇에는 거대한 돌들이 놓여 있었다. 돌마다 표면에는 기름을 발라 불을 붙일 수 있게 만들었다.

"불을 붙여라!"

강감찬의 명령에 따라 병사들이 횃불을 가져다 대자, 거석에 불이 붙었다.

"투포하라!"

"석포 투하!"

뒤이어 장병들이 화포 그릇 반대쪽 장대의 밧줄을 잡아당겼다. 그러자 긴 투포 장대가 굉음을 내며 축을 돌았다. 동시에 화포 그릇에 담긴 화석(火石)이 공중으로 날아올랐다.

– 슈우욱!

화석은 검고 긴 연기 꼬리를 만들며 거란 기병 쪽을 강타했다.

– 투캉, 투캉!

"으아악!"

"아악!"

거란 기병들이 화석에 맞아 그대로 머리가 터지거나, 팔다리가 잘려 나갔다.

이에 화들짝 놀란 야율호덕이 고래고래 고함을 질러댔다.

"저 포차가 문제다. 빨리 부셔라!"

"우와아아!"

거란군 기마대가 벌 떼처럼 달려와 투석기를 공격하기 시작했다.

"포차를 사수하라!"

고려군 정용들도 역시 투석기 근처로 몰려와 적을 막았다. 투석기를 둘러싸고, 고려군과 거란군 기병대가 뒤엉켰다. 공중으로 화시가 날아다녔고, 난전에 난전이 계속되었다. 하지만 적의 기세는 너무 드셌다.

그렇게 2각(30분) 동안 치열한 공방전이 펼쳐졌다. 그리고 불행히도 좌측 포차 부대가 뚫려버렸다.

"후퇴, 후퇴하라!"

고려 장수가 목에 핏대를 세우며 외쳤다. 포병들은 일제히 도망쳤다. 고려군의 투석기는 전투 불능 상태에 빠져버렸다.

"으하하, 이제 투석기를 없앴으니 우리를 막을 건 없다!"

투석기 부대를 무찌른 거란군은 후방에 세운 고려군의 목책과 성채를 마구잡이로 공격했다.

"막아라!"

"읏샤, 읏샤!"

마귀 같은 거란군의 공격에도 불구하고, 고려군은 결사적으로 방어했다.

그렇게 양군은 일진일퇴를 거듭했다. 하지만 반 시진(1시간) 후, 마침내 전장의 주도권이 거란군에게 넘어갔다. 역시 넓은 벌판에서의 싸움에선 거란군이 한 수 위였다. 승기를 잡았다고 판단한 거란군은 강민첨의 좌군을 향해 집중적으로 투사했다.

"추행 진형으로 뚫어라!"

머리 위로 핏빛 바람이 불었다. 아우성과 비명이 귀를 찢었다. 거기다 맞바람이 계속 불어와, 고려군이 날린 화살이 그다지 위력을 발휘하지 못했다.

"으윽, 힘에 부친다!"

"제길, 바람 방향 때문에 적을 맞출 수가 없다니!"

그렇게 지옥 같은 반 각(1시간)이 흐른 후, 마침내 고려의 좌군 방어선은 거란군 기병대에 의해 뚫리고 말았다.

"하하하, 모조리 죽여라!"

"으아아!"

아무리 지쳤다고 해도, 역시 거란 기병대는 강했다. 소배압은 이 기회를 놓칠 수 없었다. 그는 목이 쉬도록 고함을 지르며 독전했다.

"고려 놈들을 죽여라!"

사람의 피 냄새를 맡아 더욱 거칠어진 거란 병사들은 인간의 한계를 벗어난 듯 칼을 휘두르고, 도끼로 내리찍었다. 수많은 고려 병사들이 피를 뿜으며 쓰러져 갔다.

고려군 좌익이 뚫리면서 수많은 검차가 부서졌다. 아직 눈이 녹지 않아 군데군데 눈밭이 남아 있는 귀주 벌판 위로 검붉은 피의 강이 흘렀다.

좌익의 붕괴는 바로 고려군에 큰 영향을 끼쳤다. 조원의 우군과 강감찬의 중군 좌측도 공격에 노출된 것이다. 고려군은 결사적으로 방어에 나섰지만, 시간이 지날수록 전황은 암울해졌다.

그때, 부관이 강감찬에게 달려와 말했다.

"상원수 각하, 상황이 어렵습니다!"

강감찬은 입술을 깨물었다.

"아, 이대로 무너지는가?"

순간, 강감찬의 머리로 수많은 생각이 스쳐 지나갔다. 그동안 적이 진군할 때 전면전을 피해, 후방을 습격하는 작전으로 벌써 3만이나 죽였다. 이제 7만밖에 남지 않아서 그 예봉이 꺾였다고 생각했지만, 거란 기병은 강해도 너무 강했다.

'거란군이 싸우는 모습은 마치 괴물과도 같다. 놈들은 정녕 인간이 아니란 말인가!'

강감찬은 만약 고려가 전쟁에서 패하면 어떻게 될지 생각해봤다. 분명 거란은 왕의 친조, 강동 8주뿐만 아니라, 공녀의 헌상도 요

구할 것이다. 그렇게 되면 방어선의 붕괴와 막대한 재정 부담으로 이어질 것이고, 그렇게 백성들의 불만이 쌓이면 한 세대 안에 또다시 커다란 내홍이 터질 수밖에 없는 구조. 아버지께서 태조를 도와 어렵게 이룩한 '삼한일통'의 위업이 허무하게 무너지는 것이다.

생각이 여기까지 이르자 모골이 송연해졌다.

"음, 부처님께 드리는 공양이 부족했던 것인가…."

강감찬은 눈을 감고 탄식했다. 죽음이 눈앞으로 성큼 다가온 느낌이었다. 그는 패전이 확실할 경우 자진(自盡)할 계획이었다.

'충분히 살 만큼 살았다. 다만 나라에 충성을 다하였건만 그 결과가 좋지 못해 가슴이 무너지는구나!'

하늘의 태양도 우울한 빛을 내뿜고 있었다.

그때, 강감찬이 눈을 번쩍 떴다. 뒤통수를 때리던 바람이 얼굴 쪽으로 불기 시작한 것이다. 그건 봄 내음을 가득 담은 따뜻한 바람이었다.

'남풍이 부는 건가!'

강감찬은 고개를 돌려 영기를 쳐다봤다. 남쪽을 가리키던 영기들이 거짓말처럼 북쪽으로 방향을 틀었다. 남풍이 불기 시작한 것이다. 강감찬은 반색하며 병사들을 향해 크게 외쳤다.

"군기가 북쪽을 가리킨다. 남풍이 부는 것이니 다들 힘을 내라!"

중랑장과 낭장들도 목이 터져라 병사들을 독전했다.

"하늘이 우리를 돕는다. 화살을 쏴라!"

"화살을 쏴라!"

– 쉬이이익!

이제 바람의 도움을 받은 화살이 더욱 강력하게 적들의 머리와 가슴을 뚫었다.

"어라, 어떻게 된 것이냐?"

후방에서 전장을 바라보던 소배압이 뭔가 불길하게 진행되자, 목을 빼고 전황을 살폈다. 역시나 한창 기세 좋던 거란군은 제1열이 무너지자 급속도로 진형이 흐트러지기 시작했다.

"으악, 뭐야?"

"하늘이, 하늘이 우릴 돕지 않는구나!"

이 시대의 사람들에게 이러한 날씨의 변화는 단순히 전략·전술에만 영향을 주는 게 아니라, 심리적으로도 큰 영향을 끼쳤다. 바람의 방향이 바뀜으로써 일순간에 고려군의 사기는 크게 올랐고, 거란군은 크게 흔들리기 시작했다.

그 순간, 부관이 강감찬에게 기적 같은 소식을 전해왔다.

"각하, 남쪽에 보냈던 김종현이 군사를 이끌고 나타났습니다!"

"뭐라, 김종현이?"

강감찬의 눈이 휘둥그레졌다.

***

김종현 부대는 그야말로 절묘한 시점에 나타났다.

"이랴, 이랴. 적의 후방을 쳐라!"

김종현은 거란군 후방을 급습하면서 한 손에 들고 있던 장창을 던졌다. 창은 거란 장수에게 명중했고, 안 그래도 방심하고 있던 후방군들은 주장이 죽어버리자 우왕좌왕하며 대혼란에 빠졌다.

"지금이다. 돌격하라!"

"우아아아!"

마치 거대한 파도가 덮치듯, 고려 정용부대가 거란군 후방을 쳤다. 그 강력한 돌파력에 거란군 진영이 물길이 열리듯 갈라졌다. 좌우의 적을 칼로 내리치는 김종현의 모습은 흡사 전륜성왕(轉輪聖王)*의 재림과도 같았다.

김종현이 크게 외쳤다.

"자, 나가자!"

"우와아아!"

김종현의 원군은 적들을 베고 또 베었다.

"으아아아아!"

거란군들은 여기저기서 쓸려 나갔다. 하늘은 붉은빛으로 변했고, 공중으로 잘려 나간 팔과 다리가 날아다녔다.

원군의 맹활약에 크게 고무된 강감찬이 명령을 내렸다.

"적들이 흔들린다. 얼른 화시를 쏴라!"

– 슈슈슈슉!

하늘을 뒤덮은 불화살들이 그대로 큰 포물선을 그리며 검차부대를 공격하는 거란군을 덮쳤다.

*인도 신화에서 통치의 수레바퀴를 굴려, 세계를 통일·지배하는 이상적인 제왕.

"크아악!"

거란군 병사들의 몸에 불길이 일었다. 그 틈에 고려군은 적들 사이를 휘저으며 계속해서 칼로 내리쳤다. 본대의 고려 기병들도 더욱 힘을 받아 적들을 공격했다.

– 쿠콰콰콰!

말발굽에 밟혀 부서지는 거란 병사들의 두개골. 동시에 눈알도 튀어나온다. 시뻘건 피가 사방으로 흩어진다.

"꾸에엑!"

수많은 거란 병사들이 외마디 비명과 함께 절명했다.

강감찬은 직접 독전고를 두드리며 외쳤다.

"침략자들을 응징하라!"

강민첨과 조원도 목이 쉬도록 외쳤다.

"모조리 쳐부숴라!"

병사들을 독전하는 고려 장수들의 목소리가 점점 커졌다. 그와 함께 귀주 벌판은 거란 병사들의 피로 붉게 물들어 갔다.

무너지는 거란군을 보며 소배압은 입술을 깨물었다.

"제길, 끝인가?"

"후퇴해야 합니다. 전하!"

소배압은 미간을 좁히며 고개를 숙였다. 하늘이 무너지는 느낌이었다. 이렇게 패전한 상태로 퇴각하면, 카간인 야율융서는 노발대발할 것이다. 하… 늘그막에 이 무슨 변고란 말인가!

이러지도 못하고 저러지도 못하는 소배압을 향해 부관이 크게 외쳤다.

"시간이 없습니다. 전하!"

"끄응~."

소배압은 내장을 토하는 심정으로 어쩔 수 없이 퇴각 명령을 내렸다.

"어쩔 수 없다. 퇴각하라!"

"모두 퇴각하라!"

소배압이 먼저 달아나기 시작했고, 그 뒤를 거란 장수가 따르며 필사적으로 외쳤다. 그게 결정타였다. 총사령관이 꽁무니를 내빼자, 거란군 진형은 순식간에 무너졌다.

"도, 도망쳐라!"

"하늘은 고려 편이다!"

살아남은 거란 기병들이 각종 군장을 버려가며 허겁지겁 북쪽으로 내달렸다. 비록 전쟁에서 지긴 했으나, 저 산만 넘고, 압록강만 건너면 고향으로 돌아갈 수 있을 터였다.

그러나 소용없었다. 고려군이 이를 놓칠 리가 없었으니까. 꽁무니를 빼고 달아나는 거란군을 보며 강감찬이 병사들을 향해 외쳤다.

"적들이 달아난다. 추격하라!"

"이야아아!"

고려군은 마치 사냥하듯 거란군을 쫓았고, 고기를 썰듯 도륙했다.

"으아악!"

"아악, 살려줘!"

전의를 상실한 적들은 철저히 무너졌다. 결국 이날 저녁이 되면, 귀주 벌판에는 4만의 거란군 시체들이 뒹굴게 된다.

"와, 와!"

"이겼다!"

"고려 만세!"

고려의 전사들이 팔을 치켜들며 함성을 질렀다. 실로 엄청난 승리였다. 노획한 말과 낙타, 무기는 셀 수 없을 정도로 많았다.

하지만 상원수 강감찬은 고민에 빠졌다.

'여기서 철군할 것인가, 아니면 추격할 것인가?'

강동 8주 중 선주와 맹주는 여전히 거란에 빼앗긴 채였다. 이번이 고토를 수복할 절호의 기회. 거기다 패퇴했다고는 하나 아직 3만의 적이 살아있다. 이대로 물러난다면 저 악귀들은 내년에 또다시 힘을 보충해 재침해올 것이다. 이번에 싹을 잘라야 했다.

한참을 고민하던 강감찬이 마침내 손바닥을 '탁' 치며 외쳤다.

"좋다. 적들을 완전히 섬멸하고, 선주와 맹주도 다시 찾는다!"

그다음은 일사천리로 진행됐다. 부하 장수들을 불러들인 강감찬은 비장한 목소리로 명령을 내렸다.

"중군, 좌군, 우군으로 나누어 적을 추격한다! 또한 홍화진과 귀주성에 연락해 군량을 수송케 하라! 추격군은 칠만으로 구성한다."

그렇게 해서 1월 29일, 고려군 추격대 7만이 세 부대로 나뉘어 압록강을 건넜다. 대수혁과 고기백도 추격대의 일원으로 참전한 건 물론이다.

***

1월 30일, 옛 고구려 오골성 부근 (現 요녕성 봉성시).

이곳은 압록강의 지류인 다하와 타하[(陀河, 現 애하(靉河)]가 만나는 곳이다.

귀주에서 가까스로 도망쳐 온 거란군은 이제 3만 명 남짓. 어떡해서든 살기 위해선 빨리 강을 건너야 했다. 하지만 양력으로는 3월 중순인 날씨라, 얼음 두께는 얇아졌고 군데군데 녹은 곳도 많아 도하기 쉽지 않아 보였다. 다하와 타하는 전형적인 사행천(蛇行川)에다 강폭이 제법 넓어 도강이 쉽지 않았던 탓이다.

강의 상태를 본 소허열이 소배압을 보며 말했다.

"백부님, 이대로 건너기엔 너무 위험합니다."

"별수 있나? 고려 놈들이 쫓아오지 않냐 말이다."

소배압은 강의 상태 때문에 도하할지 말지 결정 못 하고 우물쭈물하고 있었다. 그때 전령이 끔찍한 소식을 전해왔다.

"전하, 고려군 추격대가 바로 코앞까지 다가왔습니다!"

"뭐? 시부럴!"

자신도 모르게 욕지거리가 나온 소배압은 다시 한번 목덜미를 잡으며 쓰러졌다. 거란군은 이제 막 천산산맥을 넘으려던 참이라 속도를 낼 수 없다. 말인즉슨, 싫든 좋든 여기서 고려군과 승부를 또 봐야 한다는 뜻이다.

소배압의 눈깔이 뒤집혔고, 입에 거품이 가득했다. 소허열은 축 늘어진 소배압을 붙잡고선 외쳤다.

“배, 백부님!”

“끄응, 어서 장수들을 불러라…. 회, 회의를 시작한다.”

잠시 후, 급하게 만든 궁려(거란인 게르)에 소배압을 비롯한 장수들이 모두 모여 회의를 시작했다. 소배압은 거의 환자처럼 의자에 기대어 있고, 회의용 탁자를 사이에 둔 장수들은 너 나 할 것 없이 재잘대기 바빴다.

“고려군 추격대는 못 해도 칠만일 겁니다. 칠만!”

“피해를 입더라도 우리가 먼저 건너고 놈들이 따라 건너도록 해야 합니다.”

“그럴 시간이 없습니다. 우리가 도하할 때 놈들이 뒤에서 덮치면 피해가 더 큽니다.”

장수들이 떠드는 소리가 소배압의 귓가를 울렸다. 그는 멍한 표정으로 격론을 벌이는 장수들을 쳐다봤다.

‘귀찮아. 모든 게 귀찮아.’

이런 생각을 할 때쯤 장수들의 실랑이 소리가 더는 들리지 않았다. 정신이 몽롱한 탓이리라. 소배압의 눈은 자연스레 탁자 위에 놓인 지도로 향했다.

‘강이 꼭 누운 丫(가닥 아) 자처럼 생겼군.’

지금 두 강의 서쪽에 거란군이, 동쪽에 고려군이 있는 상황.

그때 소허열이 한숨을 쉬며 한마디 했다.

"하아…. 지금 장병들의 상태가 엉망입니다. 고려 놈들은 이걸 알고 반드시 적극적으로 공세를 해 올 것입니다."

"끄응, 그럼 어찌하는 게 좋겠는가?"

소배압은 그제야 힘겹게 고개를 들어 소허열에게 되물었다. 60대의 그에겐 이번 원정에서 겪은 모든 일이 너무나 귀찮게 느껴졌다. 어서 빨리 이 저주받은 원정을 끝내고 아늑한 동경요양부의 집으로 갈 생각뿐이었다. 결국, 일을 이 지경으로 만든 건 자기 자신인 데도 불구하고 말이다.

그런 그를 보며 소허열이 작은 탄성을 내뱉었다. '큰아버지, 너무 무책임한 거 아닙니까!'라며 들릴 듯 말듯 내뱉은 탄식이었다. 다행히 소배압은 못 들은 듯했다. 부아가 치밀어 올랐지만, 소허열은 부글부글 끓는 속을 억지로 참으며 해답을 내놓았다.

"우리가 다하 서안에 진을 치면, 고려군은 어쩔 수 없이 다하와 타하 두 강 모두 건너야 합니다. 그러면 분명히 지칠 테고, 그때 일제히 공격하면 승산이 있습니다."

"맞습니다."

"부통의 의견이 바로 저희의 생각입니다."

소허열의 의견에 장수들이 다들 동의했다. 우쭐해진 소허열이 장수들에게 답례하며 미소 지었다. '대충 다들 부통의 의견을 따르는구먼'이라고 생각한 소배압이 입을 열었다.

"오오, 그런가? 그게 좋겠군, 부통."

소배압은 어젯밤, 하도 뼈마디가 쑤시고 날도 추워 술을 진탕 마시고 잤더랬다. 따라서 아직도 취기가 완전히 가시지 않은 상황. 그런데 또 저 거머리 같은 고려군이 달라붙는 바람에 이 골치 아픈 작전 회의를 해야 한단다.

'빌어먹을, 빌어먹을! 이번 원정은 정말 처음부터 끝까지 최악이군!'

소배압은 그냥 어서 빨리 회의가 끝나길 바랐기 때문에 소허열의 제안이 좋다고 말해버린 것이다.

"알겠다. 소 부통의 말대로 다하 서안에 진을…."

그런데 소배압이 채 말을 끝내기도 전에, 막사 한구석에서 산통을 깨는 우렁찬 목소리가 들려왔다.

"그건 아니 되옵니다, 전하!"

소배압을 비롯한 모든 장수가 놀라 소리가 난 쪽을 쳐다봤다. 결기에 찬 표정으로 자리에서 일어난 인물은 바로 야율팔가였다. 그는 열정을 다해 자신의 주장을 피력하기 시작했다.

"소 부통의 말대로 하면, 고려가 배수의 진을 친 셈이 됩니다. 만일 그렇게 되면 우리가 불리합니다. 우리도 배수의 진을 쳐야 합니다!"

"흠, 그건 왜 그런가?"

소배압이 미간을 찌푸리며 야율팔가에게 물었다. 머릿속엔 '야, 너 때문에 또 회의가 길어지잖아'라는 생각뿐이었다. 그런 소배압의 속마음도 모른 채, 야율팔가는 지도 위의 두 강을 짚으며 장황하게 설명을 시작했다.

"전하, 무릇 병법에 이르기를 적이 배수의 진을 치면 필사적으로 싸운다고 했습니다. 거기다 지금 저들은 우리 거란군보다 수도 많고, 사기도 드높습니다. 이런 상황에서 아군도 사기를 높여야 하는데, 그러려면 반드시 배수의 진을 쳐야 합니다! 조나라를 칠 때 한신이 선택한 배수의 진을 떠올리시옵소서!"

이번 결전은 고려군 7만에, 거란군 3만이 붙는 대회전이다. 만일 여기서 기적적으로 승리한다면, 지금까지의 실패는 그저 성공을 위한 과정으로 승화될 터였다.

그러기 위해선 묘수가 필요했다. 적의 허를 찌르는 기발한 전략! 소배압의 생각이 여기까지 이르렀을 때, 야율팔가가 쐐기를 박는 말을 했다.

"무엇보다 지금 속국군 군사들의 탈영 빈도가 급속히 늘고 있습니다. 강 앞에서 싸울 경우, 자칫 그들이 도망칠지도 모릅니다. 속국군들을 가두기 위해선 배수의 진을 쳐야 합니다!"

"오옷!"

소배압은 야율팔가의 고견에 그만 감탄하고 말았다. 그의 말은 핵심을 찔렀다. 왜냐하면 지금 소배압을 비롯한 장수들의 가장 큰 걱정이 바로 병사들의 떨어진 사기였기 때문이다. 특히 발해인이나 여진족, 한족 등으로 이루어진 속국군의 탈영은 심각한 수준이었다. 이렇듯 땅에 떨어진 군의 사기를 끌어 올리기 위해 병사들을 사지로 몰아넣어야 한다는 주장은 참으로 유목민다운, 그러나 매우 설득력 있는 의견이었다.

'듣고 보니 이 의견이 사뭇 그럴듯 한데! 역시 거란 최고의 천재라더니, 명불허전이군.'

야율팔가의 설명을 다 들은 소배압은 어느새 그의 의견에 고개를 끄덕이고 있는 자신을 발견했다.

'그래, 병사들의 사기를 올리고 도망 못 가도록 막는 게 급선무지!'

소배압은 커다란 눈망울과 함께, 미친 듯이 머리도 굴렸다. 그도 맨 처음에는 소허열과 장수들처럼 생각했다. 강을 건너지 않고, 적이 도하하길 기다리는 건 병법상으론 당연한 거니까.

그런데 문제는 지금 반대 의견을 내는 사람이 야율팔가라는 점이다. 그는 군의 사무적인 일에는 가히 천재로서, 허튼소리는 절대 하지 않는 인물이었다.

'물론 얼마 전 연주와 의주 방면으로 치고 올라오자고 했던 건 내가 봐도 무리였지만, 사실은 그 방법밖에 없기도 했거니와….'

그동안의 지속적인 패배로 자신감을 크게 잃은 소배압은 판단이 서질 않았다. 거기다 야율팔가는 한 번 읽기만 하면 모든 걸 외운다는 천재 중의 천재가 아닌가!

'분명히 저 녀석이 말한 게 다른 이들은 눈치채지 못한 묘책이 아닐까?'

마침내 소배압이 일어서며 크게 외쳤다.

"야율 도감의 의견을 따른다. 내일 모두 다하를 건너는 동안에 포진하도록!"

"하, 하지만 전하. 그건 매우 위험한…."

소허열이 몸을 내밀며 제언하려 했지만, 소배압이 기회를 주지 않았다.

"어허, 최고 결정권자인 내가 마음을 굳혔다. 장수들은 그저 나를 따라 최선을 다해 싸우라!"

"네, 네…."

"아, 알겠습니다."

야율팔가를 제외한 장수들이 내키지 않는 듯 답했다. 그들은 다들 똥 씹은 표정을 한 채, 군례를 바쳤다. 야율팔가만이 승리를 확신하는 듯 소배압에게 고개를 숙였다.

"사력을 다해 싸우겠나이다. 전하!"

***

다음 날인 2월 1일.

고려군과 거란군이 마지막 전투를 벌였다. 하지만 소배압이 기대했던 기적은 일어나지 않았다. 사기가 완전히 떨어진 거란군들은 전투 시작 한 시진도 안 되어 무너졌다.

"으아, 살려줘!"

"도, 도망치자!"

강변과 벌판은 또다시 수많은 거란군 시체로 뒤덮였다. 그 수가 족히 1만은 넘어 보였다. 그나마 살아남은 거란군 2만도 무장을 내팽개친 채 다시 다하를 건너거나, 아니면 상류 쪽 반령(盤嶺)을 향해 죽어라 내달렸다.

하지만 그들은 그저 고려군의 좋은 먹잇감일 뿐이었다.

"침략자들을 쫓아라!"

"다시는 고려를 침략 못 하게 섬멸하라!"

고려군 추격대는 꽁무니를 빼고 달아나는 거란군을 미친 듯이 베고, 자르고, 찔렀다.

대수혁도 맹렬히 거란군을 쫓았다. 이미 단궁으로 수십 명의 거란 병사를 죽인 그는 화살이 다 떨어지자, 좌우로 칼을 휘두르며 적을 또 베어댔다.

"이얍!"

"꾸에엑!"

그가 퇴각하는 적의 후방에서 종횡무진하는 모습은 한 폭의 그림과도 같았다. 그렇게 수없이 많은 거란 병사들을 참살하던 도중….

– 피슝!

"크헉!"

어디선가 날아든 화살이 대수혁의 가슴을 맞혔다. 대수혁은 짧은 비명과 함께 말에서 떨어졌다.

"수, 수혁아!"

50보 뒤에서 함께 적을 처단하던 고기백이 그 모습을 보고 고함을 지르며 달려왔다.

*
**

꽁무니를 빼고 달아나는 거란군은 사실상 무방비 상태라 반격할 수도 없었다. 그들은 그저 외마디 비명과 함께 쓰러져 갔다.

"강을 건너라!"

"빨리 강 건너!"

강은 얼어붙은 것처럼 보였지만, 조금 있으면 춘분이라, 곳곳이 녹아 흐르고 있었다. 하지만 이것저것 가릴 처지가 아니었던 거란군은 아무 생각 없이 그저 건너기 바빴다. 그러나 겨우내 얼은 두꺼운 얼음이 얇아진 탓에 무거운 거란군들의 무게를 견디지 못하고 깨져버렸다.

– 콰지직.

"으악!"

수많은 거란군이 도강 도중 익사했다. 특히 유명한 천운군과 우피실군에서 많은 희생자가 나왔다. 아과달, 고청명, 작고, 해리 등 고위 장수들도 모두 전사했다.

"허억, 허억!"

"어푸, 어푸!"

극소수의 거란군만이 다강을 건널 수 있었다. 소배압도 그중 한 명이었다. 거란의 도통인 그는 꼴사납게도 갑옷과 군장 등 모든 걸 버린 상태였다.

"사, 살아야 한다. 살아야 해!"

그렇게 소배압은 60대의 노구를 이끌고 겨우 달아날 수 있었다.

한편, 다강을 건넌 거란 병사들조차 온전히 도망칠 수 없었다. 너무나 지쳐있었기 때문이다. 거란 패잔병들은 반령에 이르자, 더는 도망갈 수 없다고 판단해 집단 투항을 해오기 시작했다.

"항복하겠소!"

"목숨만은 살려주시오!"

그들은 이제 각종 무기며 철갑 등을 버렸기 때문에 기병이 아닌 기수에 불과할 뿐이었다. 사람 피를 마신다는 거란의 전사는 온데간데없이 그저 비굴하게 목숨을 구걸하는 비참한 중생들의 모습만이 남아 있을 뿐이었다.

그들을 추격했던 강민첨과 김종현이 부하들에게 명령했다.

"투항하는 자들은 모두 살려 포로로 거두라!"

"예, 알겠습니다!"

그렇게 1만이 넘는 거란군을 포로로 잡았다. 살아 돌아간 자들은 2천에 불과했다. 이로써 고려군은 완벽하게 거란군을 무찔렀다. 섬멸에 가까운 대승이었다. 거란으로선 그들의 100년 역사상 최악의 참패였다.

거란군의 시체가 도로와 벌판을 뒤덮었다. 어마어마한 양의 말, 낙타, 갑옷, 무기를 노획했다.

마침내 그날 저녁, 강감찬은 승리를 선언했다.

"우리 고려가 승리했다!"

"만세, 만세!"

고려 병사들이 모두 함성을 질렀다. 귀주 벌판 위로 고려인들의 함성이 울려퍼졌다.

지평선 너머로 지는 붉은 석양이 고려의 전사들을 비췄다.

⁂

“하아, 하아….”

대수혁은 다강 기슭에 쓰러진 채 가쁜 숨을 몰아쉬고 있었다. 그를 발견한 고기백이 급히 달려와 상체를 일으켜 세웠다.

“수혁아, 괜찮냐?”

“제기랄… 이렇게 되고 말았다.”

대수혁이 씩 웃으며 고기백을 쳐다봤다. 손으로 막고 있는 왼쪽 가슴에선 검붉은 피가 콸콸 쏟아져 나왔다. 고기백이 절규하듯 외쳤다.

“대수혁, 정신 차려라. 살 수 있다, 살 수 있어!”

그 말을 들은 대수혁이 힘없이 피식 웃었다.

“녀석, 거짓말하는 버릇은 여전하구나….”

“크흑!”

고기백이 이를 꽉 물었다. 하지만 눈물이 흐르는 건 어쩔 수 없었다.

“기백아….”

“그, 그래.”

고기백의 이름을 한 번 부른 대수혁이 고통스러운 듯 입술을 깨물었다. 그의 대수혁의 숨이 점점 가빠졌다.

“부탁할 게 있다….”

고기백이 하염없이 눈물을 흘리며 고개를 끄덕였다. 대수혁이 마지막 남은 힘을 다해 고기백에게 말했다.

"하아, 하아…. 홍윤이를 부탁한다."

"그래, 그래. 걱정하지 마라."

"알지? 다물… 꼭 홍윤이에게…."

고기백은 목이 메어 그저 고개만 끄덕일 뿐이었다.

"고, 고맙다."

대수혁은 마지막 말을 남기고선 옅은 미소를 지었다. 순간, 눈앞에 아내의 모습이 어른거렸다.

여보!

아내는 대수혁의 뺨을 어루만지며 눈물지었다.

자네(여보), 슬퍼하지 말아요. 우리 홍윤이를 지킬 수 있었으니 그걸로 된 거예요.

아내와 함께했던 눈부신 추억이 주마등처럼 스쳤다. 대수혁은 아내를 부둥켜안았다. 따뜻하고 포근한 심장박동 소리가 사랑스러웠다.

잠시 뒤, 아내의 등 뒤로 아버지 대도수의 모습도 나타났다.

아, 아버지!

아버지 대도수는 옅은 미소를 지은 채 자신을 보며 고개를 끄덕였다.

가슴이 울컥하면서 목이 메어왔다. 뺨 위로 뜨거운 액체가 흘러내리는 걸 느꼈다. 이윽고 숨이 가빠지면서 주위가 점차 어두워졌다.

그렇게 대수혁은 눈을 감았다.

"수혁아!"

고기백은 대수혁을 품에 안은 채 울부짖었다.

16.
대물림

2월 6일 갑오일 오시(오전 11~오후 1시)경, 영파역(現 황해도 금천군).

영파역의 봄은 아직 차가웠다. 날씨는 차가웠지만, 사람들의 마음은 뜨겁게 타오르고 있었다. 천하의 거란군을 무찌른 것이다.

현종은 아침부터 일찌감치 이곳까지 나와 장병들을 맞을 준비를 했다. 그 역시 감격에 벅차올라 있었다.

'마침내 승리했다!'

그때 강감찬이 길을 따라 개선해오는 게 보였다. 중군, 좌군, 우군 등 삼군 전체가 대열을 맞춰 행군해오고 있었다. 장병들의 행렬 뒤로는 거란군 포로들과 노획한 우마들, 각종 무기류 등을 실은 수레가 뒤따랐다.

반정(50m) 앞에서 서로를 알아본 현종과 강감찬이 서로를 향해 외쳤다.

“상원수!”

“폐하!”

두 사람은 서로를 마주 보며 천천히 다가갔다. 이윽고 현종 앞에 다다른 강감찬이 말에서 내려 왕에게 숙배했다. 현종은 미소 지으며 그를 일으켜 세웠다.

“상원수, 수고하셨소이다.”

“수고라니요. 이 모든 게 폐하의 은덕 덕분이옵니다.”

두 영웅은 서로의 손을 굳게 잡았다. 그러자 주변의 대신관료와 장병들, 백성들이 모두 팔을 치켜들며 만세를 외쳤다.

“만세, 만세, 만만세!”

“대고려 만만세!”

잠시 후, 귀환한 장병들을 위한 위로연이 열렸다. 풍악이 울려 퍼졌고, 장병들은 차려진 고기를 뜯고 술을 마시며 기쁘게 웃었다.

감개무량한 현종이 강감찬에게 물었다.

“소문에 의하면 소배압이 거란주에게 아주 심하게 질책당했다면서요?”

“네, 그렇다고 들었습니다. 폐하.”

거란의 수장인 야율융서는 패전 소식을 듣고 대로해 사자를 소배압에게 보내 다음과 같이 꾸짖었다고 한다.

네가 적을 얕잡아보고 적국 깊이 들어가 이런 지경이 되었으니 무슨 면목으로 나를 보려는가? 짐은 너의 낯가죽을 벗긴 뒤에 죽일

것이다!

강감찬이 말을 이었다.

"소배압의 얼굴이 새파랗게 질려버렸다고 하옵니다."

"오호, 그래요? 거 참 기분 좋은 소식입니다. 껄껄껄."

현종이 호기롭게 웃었다. 그런 그를 보며 강감찬이 조심스레 말을 꺼냈다.

"폐하, 드릴 말씀이 있사옵니다."

"말씀하세요. 상원수."

"이번 전투에서 안타깝게도 별장 대수혁이 전사했나이다."

"대수혁… 말이오?"

"네, 일·이차 전쟁 영웅 대도수의 아들입니다."

"아!"

현종은 비로소 기억난다는 듯 고개를 끄덕였다. 대도수의 아들이라면, 발해 유민을 대표하는 인물일 터. 태조께서 국성(왕 씨)도 하사하셔서, 공식적으론 종실이기도 하다.

"참으로 안타까운 일이군요."

"그렇습니다. 폐하."

강감찬이 그윽한 눈빛으로 말을 이었다.

"이번에 대수혁이 전장에서 크게 활약하였나이다. 부디 그 아비의 명예를 복원시켜 주시고, 또 그의 아들도 훗날 음서의 혜택을 받을 수 있도록 해주소서."

"음, 상원수께서 그리 말씀하시면 내 당연히 따라야지요."

현종은 굳은 결심을 한 표정으로 강감찬을 보며 고개를 끄덕였다. 그러고 나서 현종은 강감찬의 손을 잡고 병사들 앞에 나섰다.

"위대한 고려의 전사들이여. 그대들 덕분에 사직을 보전할 수 있었노라!"

"성은이 망극하여이다!"

병사들이 모두 일어나 왕에게 고개를 숙였다. 현종은 말을 이었다.

"특히 이번의 승전에는 상원수의 공이 크다. 이에 그에게 금화(金花)를 하사하노니 모두 기뻐하라!"

"와, 와!"

병사들이 함성을 지르는 와중에 현종이 강감찬의 머리 위에 여덟 가지 종류의 금 꽃을 머리에 꽂아주었다.

"와, 와!"

우레와 같은 박수갈채가 터져 나왔다. 강감찬은 가슴이 뭉클해졌다. 그는 간신히 눈물을 참으며 목멘 소리로 왕에게 말했다.

"폐하, 성은이 망극하옵니다."

현종 역시 눈에 눈물이 고였다. 위대한 고려의 왕은 강감찬의 손을 불끈 잡았다. 그리고 나머지 한 손으로는 술잔을 높이 치켜들어 병사들에게 외쳤다.

"고려의 위대한 백성들이여…. 그대들 모두 부처님의 공덕을 입을 것이다. 대고려 만세!"

"만세!"

장병들과 대소신료, 백성들이 모두 기쁨의 함성을 질렀다. 강감찬의 뺨 위로 감격의 눈물 한줄기가 흘러내렸다.

"폐하. 이 늙은 몸, 죽는 날까지 사직을 위해 충성을 다 바치겠나이다!"

강감찬은 왕에게 큰절을 올렸다. 그를 바라보는 현종의 얼굴에 인자한 미소가 피어올랐다. 영파역 주변의 풀숲에도 봄을 알리는 꽃들이 피어올랐다.

⁂

7년 후, 고려 최전방.

고기백이 양손에 각각 사내아이들의 손을 잡은 채, 광활한 대지를 바라보고 있었다. 그의 오른손을 꼭 붙잡고 있는 아이는 열 살, 왼손을 꼭 붙잡고 있는 아이는 그보다 어린 대여섯 살 정도로 보였다.

고기백이 열 살짜리 소년에게 말했다.

"홍윤아, 넌 누구 핏줄이라고 했지?"

"발해 황실의 핏줄이라고 했어요."

"그래. 거기다 네 할아버지는 상장군으로서 고려를 구한 영웅이셨고, 네 아버지 또한 나라를 구하기 위해 싸우다 장렬히 전사하셨다."

"네, 그 말씀은 수백 번도 더 하셨어요. 아버지."

열 살 꼬마가 다부진 표정으로 고기백에게 답했다. 이 아이는 대수혁의 아들인 대홍윤. 홍윤은 고기백의 양자로 들어갔기 때문에 그를 '아버지'라고 부르고 있었다.

"후후, 그래. 홍윤아, 잘 봐라.

고기백이 눈 앞에 펼쳐진 대지를 가리켰다. 호랑이가 웅크린 것 같은 산들이 연이어 이어진 대지. 산봉우리들은 안개에 가려 마치 한 폭의 산수화처럼 보였다.

"저 땅이 언젠가 네가 되찾아야 할 땅이니라."

"네…."

홍윤이 몸을 비비 꼬며 앞을 주시했다. 고기백이 말을 이었다.

"비록 거란족이 우리 땅을 빼앗아갔지만, 우리의 혼까지 빼앗진 못했단다. 그러니 잊지 마라, 너의 혼은 고려와 발해로부터 물려받았다는 걸."

"네…."

열 살 꼬마 홍윤은 고기백의 말이 너무 어려웠지만, 왠지 모르게 가슴이 벅차올랐다. 홍윤은 최대한 이해하는 척하며 고개를 끄덕였다.

북녘에 펼쳐진 광활한 다물이 세 부자를 물끄러미 바라보고 있었다.

고기백은 혼잣말을 하듯 나직이 중얼거렸다.

"그 혼은 나중에 너의 아들에게, 그리고 그 아들의 아들에게 전해질 것이다."

참고 문헌

《고려사》, 《고려사절요》, 《요사》, 《금사》, 《송사》, 《고려도경》, 《만주원류고》

참고 서적

《역사와 전쟁 2》 임용한, 혜안

《고려전쟁 생중계》 정명섭 · 신효승 · 이노우에 히로미, 북하우스

《고려 거란 전쟁》 안주섭, 경인문화사

《고려거란전쟁》 길승수

《발해제국 연대기》 우재훈, 북랩

《강조의 난》 우재훈, 북랩

《고려시대 사람들은 어떻게 살았을까》 한국역사연구회, 현북스

《고려시대 사람들의 식음생활》 박용운, 경인문화사

《고려시대 무역과 바다》 이진한, 경인문화사

《고려 현종 연구》 김갑동, 혜안

《고려전기 대간제도 연구》 박재우, 새문사

《고려시대 군사제도 연구》 권영국, 경인문화사

《고려의 국왕》 김갑동 · 김창현 · 홍기표 · 홍영의 · 김보광 · 정성권 · 이정신 · 이숙경 · 이형우, 경인문화사

《고려의 왕비》 박영규, 옥당북스

《개경: 고려 왕조의 수도》 박종진, 눌와

《압록과 고려의 북계》 윤한택 · 복기대, 주류성

《고구려의 평양과 그 여운》 윤한택 · 지배선 · 복기대 · 남의현 · 김철웅 · 양홍진 · 임찬경 · 남주성, 주류성

《조선 명장전》 최익한 저, 송찬섭 편, 서해문집
《노비, 농노, 노예》 역사학회 편, 일조각
《거란 사회·문화사론》 김위헌, 경인문화사
《거란 잊혀진 유목제국 이야기》 쳉후이 저, 권소연·안병우·이민기 역, 네오
《거란 불교사 연구》 후지와라 타카토 저, 김영미·박광연·김수연·박영은 역, CIR
《움직이는 제국 거란》 김인희 편, 동북아역사재단
《중국 요탑》 정영호, 학연문화사
《하버드 중국사: 송》 디터 쿤 저, 육정임 역, 너머북스
《송나라 역대 황제 평전》 강정만, 주류성
《동북공정 이후 중국의 고구려사 연구 동향》 김현숙, 역사공간
《中國自然地理圖集》 劉明光. 主编, 中國地圖出版社

참고 소설

《고려거란전기》 길승수, 지식과감성#
《설죽화》 최재효, 지식과감성#
《흥화진의 별들》 역바연
《칭기즈칸》 요코야마 미쓰테루 저, 이길진 역, AK커뮤니케이션즈
《칭기즈칸의 칼》 채경석, 휴먼앤북스
《강희대제》 얼웨허 저, 홍순도 역, 더봄

참고 논문

〈고려·거란의 압록강 지역 영토 분쟁〉 허인욱, 2012. 외 46편.